Laila Cresta

LA MAESTRA
E LA STREGA

I Custodi del Mare, gli Artefici del Sogno

Romanzo di anticipazione

SECONDA EDIZIONE RIVEDUTA E CORRETTA

www.stanzaerato.com

La fantascienza racchiude entro i suoi confini tutti i fenomeni,
e perciò viene a includere anche tutte le altre forme
di narrativa e di saggistica.
(Da: "Intervista con R.A. Lafferty", a cura di Paul G. Walker)

Titolo | La maestra e la strega - I Custodi del Mare, gli Artefici del Sogno
Autore | Laila Cresta

ISBN | 978-88-27825-19-8

Youcanprint Self-Publishing
Via Roma, 73 - 73039 Tricase (LE) - Italy
www.youcanprint.it
info@youcanprint.it
Facebook: facebook.com/youcanprint.it
Twitter: twitter.com/youcanprintit

Mondo Domani: Prefazione

Da una crisi che non è solo economica, ma anche di valori e di modello di sviluppo, non se ne esce senza profondi rivolgimenti, e nell'arco di molti, molti anni: tanti da cambiare perfino la Terra.

In questa Seconda Repubblica di Genova, che si estende da Livorno a Perpignan, gli uomini sono stati affiancati da intelligenti creature che sono l'evoluzione dei delfini e dei lupi liguri.

In questo scenario, agiscono ragazzi e ragazze, e inattesi alieni, insieme a un personaggio insolito, poco "intrigante": una vecchia Maestra. O una Strega.

È arrivata dai secoli bui in cui il disastro è incominciato, ed è una delle poche persone capaci di fare da *trait-d'union* fra il nostro passato e il nostro futuro.

La penisola italica: in rosso i confini attuali

Alcune branche de "*A Compagna*", la compagnia che si occupa
dell'economia nella II Repubblica di Genova,
in uno dei FUTURI POSSIBILI

*Ai miei bambini:
a quello che ho messo al mondo
e a quelli che ho aiutato a crescere.*

*A mio figlio Igor e ai suoi amici,
costretti a un mondo che non ha posto per loro.*

Cap. I

Come sempre, la verità non ha un'unica faccia. Sui *bricchi,* sulle alture, fra quei falò accesi in mezzo alle case che tanto avevano colpito la Maestra al suo "risveglio", si raccontava una storia diversa da quella che raccontavano "Quelli del Mare". O forse, si trattava semplicemente di due versioni della medesima storia.

Attorno al fuoco, la sera, L'Anziano parlava ai bambini della Strega che si era risvegliata, una notte, nel suo palazzo sulle alture di fronte: «Tutti la credevano morta, e invece, dopo un incredibile numero di anni, l'Antica si è drizzata di colpo sul suo giaciglio, e i suoi occhi erano due grandi pozze senza vita. Si è trovata fuori, nella via abbandonata, ed era l'alba, un'alba livida di freddo, e il sole pareva impotente a scaldarla.

L'Antica, la Strega, si è guardata in giro, stringendo quegli occhi che rifiutano la luce. Ha visto le case abbandonate, i fuochi accesi dagli Uomini sulle nostre colline, ha sentito il richiamo blasfemo di "Quelli del mare", e ha capito che il momento che aveva programmato da generazioni era finalmente arrivato: ormai il disastro, la Grande Crisi che lei e i suoi simili avevano provocato, era in via di guarigione e la vita era di nuovo possibile, ma bisognava evitare che il mondo guarisse del tutto, tornando alla serenità e all'innocenza dell'Eden, o per lei non ci sarebbe stato più posto. La Strega ha avuto perfino la sfacciataggine di ammettere che c'era probabilmente anche una causa ben precisa, per la sua "morte apparente": nella sua Era, la sua casa era infestata, e le macchine oscenamente indipendenti. Proprio sulle sue finestre, convergevano un gran numero di raggi infernali che disturbano la vita, provocando malattie mostruose. Quando tutta la zona "alta" della città si è svuotata, e le colline sono diventate il rifugio di pochi gruppi di Uomini, nessuno si è accorto della Strega, che da mesi si nascondeva». Raccontando la storia ai ragazzini che l'ascoltavano attenti, l'Anziano sospirava: «Come l'Antica abbia potuto sopravvivere e addirittura camminare tanto, appena "sveglia", è un mistero solo per chi non crede alla streganza. Se la Strega malvagia non fosse stata raccolta esanime sul lastricato della Stazione Principe da "Quelli del Mare", la sua vita avrebbe potuto finire lì… Ma lei lo sapeva: la città giù in basso, distesa in fondo al golfo come un ragno nella sua tela, è sempre stata chiamata "città di streghe"».

Dalla sua poltrona d'ospedale, Nora sorrise al Doge Pittaluga che stava entrando e che la salutava cordialmente: «La trovo proprio bene, Maestra!».

Era vero. Da tanti anni (letteralmente) lei non si sentiva così bene, e presto avrebbe potuto riprendere, o meglio reinventare, la propria vita. Sedendosi davanti a lei, Pittaluga rispose al suo sorriso, poi la guardò curiosamente: «Cos'è questa storia della casa "infestata", che ha raccontato a Teresin?» chiese. La donna rise: «Lo sai quanti sciocchi ci sono al mondo! Ma Teresin rideva mentre gli e lo raccontavo, mentre mi accudiva quando ero ancora a letto… Sono stata fortunata che toccasse proprio a lei fare la settimana di servizio sociale all'ospedale, quando io avevo più bisogno d'aiuto! Ha una grande capacità di prendersi cura, fa bene a volersi occupare di bambini… Comunque, qualcosa di strano succedeva davvero, in casa mia! Se la sera non staccavo la corrente, ogni tanto la stampante del PC partiva da sola, scodellando un foglio vuoto; le lampadine a basso consumo, che erano una novità della mia era, potevano illuminarsi di colpo per un breve lampo anche quando non funzionavano più, e il televisore di notte si accendeva con un boato… C'era gente che pensava davvero che qualche entità maligna giocasse coi miei interruttori! Ai miei allievi però, io insegnavo che bisognava eliminare tutte le possibili cause naturali, prima di pensare a quelle che non lo sono. Sempre che non si preferisca continuare a cercare, aggiungevo, in fondo tutta la vita è una ricerca! Tra l'altro, tu capisci, Ninno, casa mia era proprio davanti alla collina su cui sorge quell'enorme ripetitore che avete riattivato e potenziato da poco, e uno dei suoi "imbuti" più grandi punta dritto contro quelle che erano le mie finestre. E poi, sul marciapiede di fronte al mio portone, c'era una banca che di notte accendeva il suo antifurto attivo… Insomma, non so se il loro effetto c'entri o no, ma su quella che era casa mia convergevano una quantità di onde elettromagnetiche. E comunque, a parte questo, nel palazzo di fronte ci poteva ben essere qualcuno col telecomando compatibile, che rientrava sempre a mezzanotte e accendeva la televisione!». Il Doge scosse il capo e le disse, sorridendo: «Capisco benissimo, amica mia, ma è meglio che tu stia lontano dai *bricchi*! Noi non siamo superstiziosi, ma tremo all'idea di quello che penserebbero di te, quei *briccaioli* retrogradi!».

La Maestra raccontava ai suoi ragazzi che, in quel mattino ormai lontano, uscendo dal portone l'aria l'aveva colpita all'improvviso con una violenza insolita, tanto che lei aveva barcollato, e si era appoggiata al muro per non cadere. Sotto quel cielo non ancora completamente rischiarato dal sole, l'aveva raggiunta un odore non del tutto congruo, che arrivava dai bricchi davanti a casa sua. Eppure, sapeva che non era possibile.

«Nella mia Era, i bricchi di Granarolo erano intensamente abitati, e urbanizzazione vuol dire riscaldamento, fognature, automobili... In quel mattino così terso però, l'aria che respiravo sembrava singolarmente pulita. In quel momento poi non passava nemmeno un'auto, come se qualche mago ecologista, e con le gambe buone, le avesse fatte sparire tutte. Alla fermata del bus non c'era nessuno. Il gabbiotto, completamente senza vetri, era di un colore uniforme, rugginoso. Persino il cartello della fermata era scomparso e il silenzio era profondo. Anche il vento adesso pareva dormire, da qualche parte sui bricchi, e le piante erano immobili come dipinte. Neppure il fruscio di una foglia turbava più quella pace da cimitero. Pensai che fosse un paragone davvero sciocco, quello col cimitero, e per reagire alla depressione che mi minacciava, mi dissi che era persino buffo non vedere gente anche solo per pochi momenti, in una qualsiasi delle città sovrappopolate del pianeta, e che era davvero singolare trovarsi così soli, di giorno, in una via centrale della città. Non potevo pensare che quella solitudine sarebbe durata: in fondo, quella era l'ora di chi andava a scuola o a lavorare, e credevo che la gente sarebbe arrivata da un momento all'altro: pensavo di aver appena perso un bus, tutto qui. Siete mai andati a vedere la zona di Circonvallamonte? Case una sull'altra, e tanta, tanta gente, una volta… Quel mattino, invece, sembrava che tutta quella gente fosse stata vittima di qualche epidemia mostruosa. Io non volevo accettare che il quadro che avevo attorno fosse di totale abbandono… Ho cercato di non far caso alla ruggine che avvolge come un manicotto le ringhiere della strada, e non volevo guardare neppure quella sorta di muffa che pare debordare dai tombini, di uno strano colore rossiccio, come fosse di ruggine anch'essa. Le finestre dei palazzi sono come occhi ciechi, chiusi, già spenti, e non si vede neanche un panno steso ad asciugare… Sui muri delle case, l'intonaco grigio si polverizza insieme al primo strato di mattoni sottostante, e il colore onnipresente della ruggine è vagamente nauseante, come se quello della città fosse un corpo in

disfacimento. Ho pensato che le case della gente fossero sempre più rovinate, come i loro denti e, in generale, come la loro salute, e che senz'altro quello fosse un altro effetto della Crisi che aveva coinvolto e sconvolto l'intero pianeta. Gli alberi dei giardini condominiali sono palesemente antichi e decadenti, o anche giovanissimi e rinselvatichiti, scapigliati e lussureggianti come in una giungla. Fra le erbacce di ogni forma e dimensione non spunta neanche un fiore, salvo qualche rosa che sembra selvatica, e solo il suo colore grida che è pur sempre il degradato discendente del trapianto di qualche antico giardiniere… Fra il verde, non c'è nessun uccello a cantare, non si vedono neppure i passeri o i colombi. La cosa più inquietante però, è il silenzio: è così inumano… Attorno a me non sentivo né scalpiccii, né rombo di motori, né grida. Mi sono guardata in giro come se avessi voluto cercarlo, quel vento che è una caratteristica della nostra città e che mi aveva schiaffeggiato uscendo di casa come avesse voluto scuotermi, e ho notato che sui bricchi di Granarolo brillavano dei fuochi. Fuochi per la strada, nei cortili! L'assurdità di quei falò accesi in mezzo alle case aumentava il mio senso d'irrealtà. Anche il cellulare spento contribuiva al mio disagio: non potevo cercare né una collega né un amico e neppure il Comune, per denunciare lo stato in cui era ridotta la fermata. Così, alla fine, ho girato la schiena ai bricchi e sono scesa verso la Stazione Principe: mi sembrava che l'unico rifugio possibile fosse la riva del mare, col suo largo orizzonte, l'unico a cui avrei potuto abbandonarmi con un profondo respiro di sollievo. E se ancora ci fossero stati dei Genovesi da qualche parte, ho pensato, non potevo che trovarli lì, sul mare… Così, sono scesa per la *creuza*, una di quei passaggi fra le case, fatti di mattoni pieni e pietre di mare, che i nostri antenati hanno costruito per poter tagliare i tornanti di questa città in salita anche con un *rebello*, il carretto dei pescatori…
Il palazzo della stazione l'ho trovato ancor più degradato di quanto non ricordassi, con le pareti sporche e scrostate. Treni sui binari non se ne vedevano se non fermi, ed erano convogli sicuramente fuori uso, abbandonati. Colpita come da una sensazione di estraneità, ho annusato nuovamente l'aria. Lo sapete: sa di mare, di salmastro, e quell'odore amico mi ha quasi commosso, anche se per i miei sensi era incongruo quanto i falò accesi nella città alta. Mai sentito, in città, un odore nell'aria che non fosse inquinato dai fumi degli scappamenti delle auto, o dei comignoli delle case, anche se il vento che ama Genova, quello che un tempo ne gonfiava le vele, a volte ripulisce

l'aria, portando fino a noi l'odore del mare... Camminare mi era difficile: cercavo di mettere un piede davanti all'altro, stringendo i denti per non cedere allo sfinimento che mi serpeggiava nelle ossa. "Fai un salto, fanne un altro" canticchiavo nella mia mente, come se il ritmo ordinato di una vecchia filastrocca potesse aiutare quello ondeggiante del mio passo, ma da tempo i salti erano fuori della mia portata. Poi, arrivando in via Balbi, a due passi dal mare, ho cominciato finalmente a vedere gente, e la commozione e il sollievo mi hanno quasi annebbiato la vista. Quelle persone mi sembravano tutte belle, bellissime, pulite e civili, e tutte rallentavano il passo per voltarsi a guardarmi, così magra e barcollante com'ero, con quegl'imbarazzanti vestiti lerci e stracciati che mi cadevano da tutte le parti. Mi guardavano tutti, sorpresi, e sembrava che mi tenessero d'occhio, con espressione preoccupata. Adesso capisco che pensavano fossi un Retrogrado, ma allora non ne sapevo ancora niente, e sotto tutti quegli sguardi preoccupati ho pensato di sembrare un fantasma, o uno zombie che avesse abbandonato una qualche tomba dimenticata... L'idea degli zombi mi inquietò, anche se non ho mai creduto a queste cose. Uno zombie! Perché no, visto che pareva non esserci nessuno, oltre a me, nella mia zona che era stata così sovrappopolata? Mi vergognavo del mio aspetto da vecchia strega, ma quel mattino tutti i vestiti del mio armadio mi erano sembrati nelle stesse condizioni: pendevano tristemente dalle grucce, carichi di polvere che era persino sgradevole toccarli, e si sfaldavano nelle mie mani quando cercavo di prenderli... Non è stato facile trovare qualcosa da infilarmi. E non ero neanche riuscita a pettinarmi, perché la spazzola non riusciva a penetrare in mezzo ai miei capelli: la polvere pareva averli impastati in un blocco unico, come una treccia rasta. Già da un pezzo mi chiedevo cosa fosse successo a tutti, e quando. Ora mi chiedevo anche cosa fosse successo a me. Gli occhi mi si sono chiusi, e sono scivolata sull'asfalto, piano, quasi nelle braccia di un passante che, comprendendo la situazione, è balzato verso di me per attutire la caduta. Poi, all'ospedale, mi hanno rimessa in sesto. I dottori pensano che io mi sia "risvegliata" da un lunghissimo periodo di vita sospesa, come una salamandra siberiana, e che sia stato l'estremo grado di sfinimento raggiunto dal mio organismo a svegliarmi e a salvarmi. Chissà: forse sarà stato un effetto del cocktail di farmaci che una volta prendevo tutti i giorni, o magari

di qualcuna delle bombe che hanno buttato su di noi nel momento peggiore della crisi mondiale…».
«Ma è vero che i *briccaioli* pensano che tu sia una strega, e che il tuo "letargo" sia stato un modo per sfuggire alla vendetta degli uomini per la Grande Crisi che secondo loro avete provocato tu e i tuoi amici?» chiese un ragazzo, col sorriso nella voce. «Per i Retrogradi allora, tu sei stata come la fata della Bella Addormentata, quella che "da cento anni non usciva dalla sua torre e tutti la credevano morta o vittima di qualche incantesimo"!» intervenne a sua volta una ragazzina, con un piccolo riso. La Maestra annuì:
«Solo che il mio "sonno", a quanto pare, è stato ben più lungo di quello della Fata offesa o della principessa Aurora. Loro si sono limitate a cento anni».

In quella sua città così poco incline al soprannaturale, la Maestra aveva pensato che avrebbe potuto insegnare anche in questo suo nuovo "oggi", come aveva sempre fatto nel suo vecchio "ieri", e aveva presto scoperto che non erano poi così tanti quelli che sapevano e potevano insegnare.
«Non so fare altro» aveva detto al Doge allargando le braccia, e Pittaluga aveva invitato il Consiglio della Compagna (che si occupava di tutto ciò che nella nuova Repubblica riguardava la navigazione e i commerci, ed era formato da tutti i cittadini che avevano compiuto i 25 anni) ad esaminarla per constatarne l'idoneità all'insegnamento. Il Doge insisté in particolare sull'aiuto che una come lei, che aveva vissuto la Crisi quasi dall'inizio, poteva dare loro, per capire il perché del disastro che li aveva colpiti. Era quello il problema e il pensiero di tutti: la gente cercava di conoscere e di capire il passato, per proteggere il proprio futuro. Lei poi, era anche un'esperta della storia di quella loro città che stava faticosamente cercando di ricominciare da capo: da sé stessa. Sembrava anzi che quell'antico titolo di "*Conservatores Maris*", "Custodi del Mare", di cui lo stemma cittadino si fregiava ancora, fosse preso oggi molto sul serio, e che i cittadini dessero davvero un'enorme importanza alla purezza del mare in cui si specchiavano e in cui navigavano, amichevolmente accompagnati dai Delfini, discendenti evoluti dei delfini dell'epoca sua. Così, la Maestra aveva preso a tenere lezioni a Balbi, la via in cui, ai tempi suoi, c'era stata l'Università. I cittadini le mandavano bambini e ragazzi e, come in un vecchio romanzo di fantascienza che

lei aveva letto tanti anni prima, in cambio delle sue lezioni le davano delle obbligazioni personali che tutti i commercianti accettavano. Persino quelli "di fuori", i *"foresti"*, si fidavano di quelle obbligazioni, come in un tempo lontano si erano fidati delle monete dell'antica Repubblica. Anzi, benché quei foglietti stampigliati dai PC personali non fossero danaro nel vero senso della parola, ma solo foglietti col codice del debitore, quello del creditore e il tipo di obbligo maturato, la Maestra li chiamava, scherzosamente, "genovini", e i cittadini, in cerca di stabilità e di legami con un passato distrutto, avevano "adottato" quel termine con entusiasmo. Fosse stata la sfida di quel mondo nuovo, o quell'aria pulita in cui erano immersi, la Maestra pareva quasi ringiovanita e la sua salute, in quella sua "seconda vita", era sensibilmente migliorata.

Cap. II

La vita di Nora e dei suoi concittadini sembrava ormai essersi assestata in un tranquillo tran-tran senza scosse, quando il Potentato Veneto attaccò. Lo annunciò il Doge ai cittadini, attraverso quella che chiamavano "tele-visione", cioè "visione da lontano", che era una specie di internet intra-repubblica.

Il viso dell'uomo era serio. Nessuno fiatava. La gente si sentiva come pervasa da un senso di irrealtà: una "guerra"? Ma sul serio? Una guerra vera? Il silenzio sembrava tangibile, e soffocante: le persone che affollavano piazza De Ferrari non si lanciavano neppure quelle frasi di estemporanea protesta che erano una loro caratteristica, il famoso *"mugugno"* genovese.

Naturalmente, in un mondo governato da corporazioni economiche sovranazionali, la guerra era stata praticamente abbandonata, ma (e la Maestra che conosceva la storia lo sapeva) una corporazione poteva essere gestita direttamente dalla gente, e quindi nel rispetto della gente… o anche no. Complici le alluvioni del Po, ormai da tempo l'antica Venezia, la magica città sul mare di nord-est che Nora ricordava così bene, era scomparsa, interrata o inabissata dai sedimenti alluvionali: la terraferma arrivava fino a Pescara e a Spalato. Nella nuova pianura, una nuova città portava quell'antico, mitico nome, e ospitava tutto ciò che della città scomparsa gli uomini riuscivano a salvare, per mezzo di spedizioni archeologiche che erano cominciate il secolo precedente e andavano avanti con costanza. Nuova Venezia era la sede principale del Potentato, il comitato di gestione delle società che avevano il controllo dei commerci con l'Europa Orientale: gestiva i territori e le genti fino all'antica Albania compresa, come se i Veneti cercassero di scendere verso sud per inseguire quel mare che si ritirava e li lasciava all'asciutto.

Anche Nora andò a De Ferrari con tutti gli altri cittadini: la piazza aveva assunto col tempo le funzioni di un antico "agorà" greco, e la gente vi si incontrava per discutere sui problemi comuni. Adesso, gli occhi di tutti erano catturati dalle immagini del mega-schermo che era stato sistemato in fretta e furia in modo che i cittadini, volendo, potessero seguire la battaglia tutti insieme: il satellite che trasmetteva quelle immagini era stato da poco "riagganciato" dai tecnici europei. La Maestra capì che, nonostante tutto, l'Europa esisteva ancora, almeno come insieme di società sovranazionali che dovevano, nell'interesse di tutti, coinvolgere il più gran numero di gente possibile: scienziati, medici, ingegneri dei trasporti, tecnici, artisti... "Forse, almeno gli studiosi ne stanno uscendo, dalla culla della loro città!" aveva pensato contenta, quando lo aveva saputo. Ed ecco che ora... questa guerra! Sì, pensò lei: c'erano troppi confini, in quel mondo, e gli attriti erano inevitabili.

Il Potentato aveva deciso di attaccare dal mare per minare in modo traumatico il potere morale della Compagna e, sullo schermo, si vedeva quella che doveva essere una battaglia navale, benché sembrasse non succedere nulla alle navi che, sull'acqua, si muovevano appena. Come già aveva fatto l'Impero Ottomano tanti secoli prima, i gerarchi del Potentato avevano destinato gli Albanesi a essere i propri guerrieri: li chiamavano "gli Illiri", perché tutti preferivano usare denominazioni che non avessero niente a che fare con quelle di Stati che non esistevano più. Sulle corvette robotizzate però, solo il Comandante era uno di quei formidabili combattenti: le navi avevano ancora il loro piccolo equipaggio super specializzato che, in tempi normali, aveva compiti di studio e di ricerca, coccolato da una nave-robot che pensava a tutto lei. Il contingente della flotta della repubblica di stanza sul confine di Livorno si era prontamente mosso, ed era riuscito a impedire che gli attaccanti lasciassero la zona dell'Arcipelago Toscano. Altre corvette erano pronte a intervenire dagli altri porti della Repubblica. Dalla loro base nel porticciolo della Gorgona che ne ospitava i membri dell'equipaggio con le loro famiglie, anche quattro corvette dell'alleata "Accademia Fiorentina" si erano mosse per appoggiarle. Sullo schermo, le distingueva il loro simbolo, un libro d'oro: "La Divina Commedia".

L'isoletta della Gorgona non misurava più di due chilometri quadrati di superficie, ma Nora e il resto degli spettatori la guardavano affascinati: era bellissima anche vista nelle immagini trasmesse via satellite. Lei ricordava che ai tempi suoi la Gorgona era stata un'isola-carcere, un luogo che avrebbe dovuto essere un buon esempio di carcerazione "civile": a lei ricordava un po' la fattoria-riformatorio del Makarenko, anche se si era sempre chiesta quali delinquenti, in Italia, avessero potuto meritare un trattamento così privilegiato... Temeva però che la risposta non le sarebbe piaciuta. Adesso quelle acque, che normalmente erano trasparenti, sembravano ribollire sotto i raggi laser. Il combattimento pareva curiosamente asettico e inconcludente, e Nora non aveva mai assistito a niente di simile: le corvette che cercavano di distruggersi l'un l'altra erano dirette discendenti delle Visby svedesi dell'epoca sua, i cui "piani" erano stati ritrovati per caso dai loro alleati nordici.

«Maestra!» la chiamò una voce giovanile, e lei si voltò. Sorrise: erano due dei suoi ragazzi, Toni e Steva. Toni, il moretto, era un sognatore, ma il suo spirito era più avventuroso che speculativo: come Steva, anche lui s'incantava, la sera, a guardare le stelle, ma i suoi sogni riguardavano più la possibilità di viaggiare tra quegli astri incandescenti, che le speculazioni sulla loro origine. Il suo fisico minuto traeva in inganno: era forte e tenace, svelto come uno scoiattolo, diceva ridendo che la sua corporatura lo rendeva più "ergonomico", e che mandare nello spazio uno come lui sarebbe stato un risparmio di energia e di risorse. Il suo amico Steva, al contrario, era biondo e atletico, ma a osservarlo bene era evidente la tendenza a una simpatica "cicciosità": era uno studioso, riflessivo, pieno di idee e di sogni, uno scienziato in un corpo da atleta. «Buongiorno, Maestra! Anche lei qui?» chiese Toni, mentre il sorriso dell'amico si allargava. «Già. L'annuncio del Doge è stato davvero un brutto colpo. Dopo tutto quello che è successo, credevo che gli uomini l'avessero finita, con le guerre!» rispose lei, sbuffando con gli occhi al cielo. Steva si strinse nelle spalle: «La storia ce l'ha insegnata lei. Forse ormai gli uomini si sentono abbastanza forti da ricominciare». Con gli occhi incollati sullo schermo, Toni intervenne: «Pensi, Maestra! Hanno accresciuto tanto la possibilità di azione furtiva di quelle corvette, che ormai sono capaci di ingannare perfino gli animali!». L'amico incalzò: «È vero, Maestra. E pensare che sembravano diventati tutti pacifisti, gli uomini, dopo la Grande Crisi! Avevano perfino cercato di creare dei "blocchi" *asimoviani* nei robot di qualsiasi forma, in tutti, anche nelle Visby, e invece adesso cercano di toglierli, quei blocchi, per far la guerra come vogliono!». E Toni: «Mi hanno detto che fanno tutto i computer di bordo, programmati dal comandante illirio, e che l'equipaggio di studiosi morde il freno. Chissà cos'è girato, a tutti!». La Maestra scosse il capo, stringendo le labbra. Era davvero arrabbiata: l'imbecillità umana scavalcava i secoli, e se ne infischiava dei disastri che provocava. Un'ennesima guerra! Sospirò, esasperata. Disse al ragazzo: «Cosa vuoi che gli sia girato? È successo semplicemente che il Potentato vuole espandere i propri commerci anche a sud, ma a sud ci siamo noi. Credo che i Veneti, probabilmente a torto, abbiano immaginato già persi gli

Emiliani e i Fiorentini, senza l'appoggio della nostra marineria. E naturalmente, da bravi mercanti, tutti preferiscono cercare di renderci dei "Soggetti Consumatori", piuttosto che dei morti che non consumerebbero più!». Toni fece una smorfia: «Seeeee! Se lo sognano, che noi siamo soggetti a qualcuno o a qualcosa!». Steva intervenne: «Non credo però che vogliano tirarla troppo in lungo, con questa cavolata! Tanto per cominciare ingoia tempo e soldi, e se poi arrivano i Vichinghi a "metter pace" ... stiamo freschi, fra tutti! Le Visby le han fatte loro, no? Le conoscono bene, vero, Maestra?» «Già… Sono stati proprio quelli che allora si chiamavano "Svedesi" a creare, con le prime Visby, incredibili possibilità di azione delle corvette in guerra. *"Capacità Expeditionary"*, le chiamavano allora! Ai Veneti non piace sicuramente l'idea di avere i Vichinghi come nemici, ma credo che neppure la nostra Repubblica sarebbe troppo entusiasta di dover essere riconoscente ad "amici" come quelli!». Toni, con gli occhi catturati dallo schermo, mormorò: «Da quello che ho letto, le Visby di oggi sono capaci di infiltrarsi fra i banchi di balene senza essere neppure notate...» «Ed è proprio quello che dovrebbero fare! E bon!».

La Maestra aveva interrotto il ragazzo, e adesso sospirò di nuovo, esasperata. Tornò a guardare il mega schermo. Con i loro colori, col loro strano profilo che pareva appena sbozzato, con le vernici capaci di deflettere la luce, e con le sofisticate apparecchiature di cui erano dotate, le Visby riuscivano a essere invisibili o quasi ai radar, e perfino in certi momenti anche a qualsiasi macchina da presa. Così, le navi sembravano apparire e sparire dallo schermo come per tocchi di magia, e i cannoni laser facevano ribollire l'acqua. Le navi del Potentato portavano simboli eterogenei, quelli dei marchi commerciali che il Potentato gestiva, "unificati" da una banda nera che li sovrastava. Aveva un profilo che i ragazzi non riconobbero. «Maestra, è una corona?» chiese Steva, curioso. La Maestra fece una smorfia, e sospirò: «Altro che corona! Quello è il profilo delle cupole e delle guglie della Basilica di San Marco! Era a Venezia, dovevate vederla, un capolavoro assoluto, come tutta quella meravigliosa città. Non potete immaginare… Cercatela in rete, per fortuna le sue immagini ci sono ancora» «Mi piacciono di più i nostri simboli, coi grifoni che li sorreggono!» ribatté Toni, e alzò le spalle sbuffando. La Maestra inarcò le sopracciglia: «Non fare lo sciovinista. I grifoni dell'antica Repubblica, con la coda orgogliosamente inalberata, sono un piacevole sfizio che vi siete tolti, ma tu non sai cosa fosse Venezia!». La sua voce era diventata malinconica, e lei scosse il capo per scacciare quella sensazione, poi cambiò discorso di colpo, con lo sguardo catturato dal mega schermo: «Quelli del Potentato non avrebbero dovuto neppure arrivarci, alla Gorgona. Potevano distruggere Livorno, e poi magari la Repubblica!» disse con voce severa.

Nora prese una delle carrozzelle a doppia pedaliera posteggiate in piazza per uso pubblico, chiese ai ragazzi se volessero salire con lei e si avviò verso via San Lorenzo, e poi giù verso il mare. I ragazzi la seguirono, confabulando fra loro. Sapevano che la Maestra era vittima di una strana idiosincrasia: non amava comunicare telematicamente, probabilmente voleva parlare col Doge di persona. Chissà se era antica come dicevano! Poco dopo, la donna, già stanca, lasciò pedalare i ragazzi. Meno male che adesso incominciavano a mettere anche qualche carrozzella elettrica, pensò: non tutti erano giovani e abili, neppure in quel mondo nuovo. Era preoccupata. La battaglia non era lontana dalle secche della Meloria, ma di Oberto D'Oria non ce n'erano più, e lei temeva la possibile vittoria del Potentato per più di un motivo, anche personale: dopo tutto, lei era "una Strega tornata dal passato", e non tutti erano così poco superstiziosi come i suoi concittadini, neppure nella loro Repubblica. E certo non lo erano i Veneti.

In fondo a via San Lorenzo, Palazzo San Giorgio da poco restaurato sembrava di nuovo quello che era stato in quelli che chiamavano "anni 2000 ante Crisi", perché il XXI d. C. era stato l'ultimo secolo relativamente vivibile, prima che la Crisi degenerasse fino alla distruzione di tutto.

La presenza di un ragazzo seduto vicino alla porta indicava che in quel momento erano presenti almeno alcuni dei Consiglieri della Compagna che dirigeva la Repubblica, e probabilmente anche il Doge, dato il momento di emergenza. Tutti quindi erano a disposizione di qualsiasi cittadino. In mano, sul Quaderno elettronico, il ragazzo aveva i nomi di tutti quelli che in quel momento erano in sede. Il ragazzo sorrise alla Maestra, poi strizzò l'occhio a Steva e a Toni. Se ne stava stravaccato su un muretto, molto rilassato. Era vero che il suo era solo uno dei tanti servizi sociali che i giovani svolgevano a turno, e non sottintendeva nessun potere di nessun tipo, ma se non ci stavano attenti, pensò la Maestra, quanto ci sarebbe voluto per veder assumere a quei ragazzi un atteggiamento militaresco? Bastava inventarsi un'uniforme "che li facesse riconoscere da lontano", come aveva già detto qualcuno. Si sentivano così importanti, i maschi, con un abito severo e un incarico ufficiale… e a volte anche le donne! La Maestra represse un sospiro, ed entrò. Poco dopo, stava parlando col Doge. Cercava di spiegargli il proprio punto di vista.

Il mondo era cambiato davvero, dalla sua Era. Non c'erano più leggi, ma solo regole di più o meno civile convivenza che si erano imposte dopo anni e anni di caos da "secoli bui". I criteri di gestione erano diversi da una Compagnia all'altra, e quel tanto di libertà individuale cui si poteva rinunciare per accogliere i vantaggi della vita sociale non sempre era deciso dalla gente. Lì da loro, per esempio, c'era una sorta di "democrazia diretta" che coinvolgeva tutta una popolazione piuttosto scarsa (tanto che tutti si conoscevano tra loro) e di buon livello culturale, a parte gli sparuti gruppi pseudo-ecologisti che erano fuggiti sulle colline. La Repubblica si estendeva tutta sul mare, da Livorno, al confine con l'Accademia Fiorentina, fino a Perpignan, che era vicina alla Repubblica Catalana. Era divisa in Dogati che erano, di fatto, unità amministrative di coordinamento, e il doge di Genova era, fra tutti, una sorta di *"primus inter pares"*. Tutti sapevano che invece il Potentato Veneto era guidato da una piccola oligarchia formata dai dirigenti delle loro società commerciali, e diretta con mano ferrea dal capo della più potente di esse: per questo, secondo la Maestra, la sua velocità di reazione era probabilmente maggiore di quella della loro Repubblica, i cui cittadini amavano troppo discutere, e "mugugnare". Lo avevano pensato anche i maggiorenti della Prima Repubblica Romana: "Un comitato non vince una guerra", avevano scritto, introducendo la figura del *"Dictator"*. Adesso, Nora pensava che anche la loro città, in quel momento, forse avrebbe avuto bisogno di un capo unico, un Dictator assolutamente provvisorio che fosse in grado di prendere decisioni immediate e improvvise, se la crisi lo richiedeva. Mentre lei discuteva con i presenti, naturalmente tutti molto restii all'idea di avere, nella loro nuova *"res publica"*, uno che comandasse su tutti, Toni e Steva si erano avvicinati agli schermi che trasmettevano le immagini della battaglia in tempo reale. Per un po' fissarono quelle immagini con curiosità e interesse, poi Steva sbuffò. Rivolto a un tecnico, disse con una smorfia espressiva: «Stanno combattendo i computer, vero? I nostri e i loro, e le navi sono quasi uguali». Questi lo guardò di traverso: «Cosa vuoi dire, giovanotto? Le nostre navi sono più avanzate, ma è lo stesso tipo di corvetta, anche se sono completamente robotiche e funzionano senza l'intervento dell'equipaggio». Toni intervenne con un'alzata di spalle: «Ste ha ragione. È tutto così prevedibile! Un brutto gioco, noioso... È come una partita a braccio di ferro fra due tizi muscolosi uguale! Se fossero uomini perderebbe quello che si distrae o si stanca prima, ma fra computer, vedrai come van avanti *di lungo!*» disse, e sbuffò con un gesto di impazienza. Il tecnico scosse il capo, con un'espressione fra l'esasperato e il divertito: «Ah! Tu faresti di meglio, eh, ragazzino?» disse con impazienza, tornando con gli occhi sullo schermo. I "ragazzini" però non si lasciarono impressionare. Steva incalzò: «Anch'io farei di meglio, ma Toni se li mangia in un boccone, quelli!». La Maestra, che aveva afferrato qualcosa del discorso, si intromise: «Chi è che si mangerebbe chi?» «Toni si mangerebbe tutto il Potentato in un boccone, Maestra, o almeno le loro Visby!» le rispose Steva. Lei si fece attenta. Aggrottò le sopracciglia. Guardò il ragazzo: «Toni... Sì, è possibile» commentò. Poi, rivolta al Doge: «Ci sono sempre stati dei ragazzini più veloci di un programmatore di mestiere. Loro ci sono nati, con queste cose, e voi invece ve ne siete riappropriati da non molti anni». Stupefatto, il Doge la guardò ad occhi spalancati: «Maestra! Mi auguro che non voglia suggerire di lasciar fare a loro! I tempi di reazione di un computer sono...» «...molto più brevi dei nostri, lo so benissimo, ma, come disse la "santa Susan Calvin" di *asimoviana* memoria, quelle robotiche sono menti finite, si possono calcolare ai decimali, mentre quelle degli uomini sono imprevedibili, intuitive... E un robot intuitivo non esiste ancora». Poi, rivolta a Toni, la Maestra continuò: «Te la senti di colpire quante più Visby puoi?». Negli occhi del ragazzo si accese una luce di entusiasmo che dopo appena un attimo di perplessità scomparve, sostituita da un'espressione di profondo orrore. Il ragazzo deglutì, e la guardò: «Maestra! Ma ci sono degli uomini, dentro quelle corvette!». Steva intervenne, meditabondo: «Scommetto che, studiando i piani di queste Visby, si potrebbero trovare dei punti deboli, capaci di bloccare la nave senza arrivare ad affondarla... Dopo tutto sono solo dei robot!». Sorrise, poi, dopo un attimo di pausa, esplose giulivo: «E alla fine magari ce le prendiamo anche, le Visby del Potentato!». Il Doge lo guardò, soprappensiero, poi si voltò verso la Maestra: «Lei garantisce per questi due, Maestra?» «Certo. Sono

bravi ragazzi, e molto intelligenti e preparati, anche. Sono i figli di Repetto e di Dandolo». Il Doge fischiò tra i denti. Repetto e Dandolo! I due ingegneri nucleari che erano riusciti a stabilizzare le centrali atomiche "a cascata", e che per via del loro lavoro erano stati fatti saltare in aria da un gruppo integralista! Pur conscio della condanna all'ostracismo con cui il Consiglio lo avrebbe colpito se quella decisione si fosse dimostrata sbagliata, l'uomo si decise di colpo. Andò a una consolle, digitò velocemente delle coordinate, e sullo schermo apparvero disegni tecnici che parevano piuttosto astrusi. Si rivolse a Ste, dopo averlo osservato un lungo momento: «Gli assomigli, sì. Io lo conoscevo bene, tuo padre, eravamo amici... e conoscevo anche Dandolo. Se siete figli loro, e la Maestra garantisce… guardate un po' cosa ci capite» «Un attimo…» sorrise Steva. Lui e l'amico si misero a confabulare tra loro, passando le mani sullo schermo one touch, ingrandendo, aprendo e chiudendo "tendine" con una velocità incredibile. La Maestra li guardava. Era orgogliosa di quei ragazzi. Si voltò verso il Doge, e sospirò: «Mi fanno sentire handicappata. Io me la sono sempre cavata col PC, ma non di più». Toni la sentì e si girò verso di lei sorridendo. Fece spallucce: «Oh, Maestra! Lo sappiamo tutti che non le interessa abbastanza, lavorare così!» poi si girò di nuovo verso l'amico. Lei lo guardò un attimo, e sorrise: aveva ragione lui.
Dopo non più di due ore, durante la quale la situazione sugli schermi pareva non essere cambiata, i ragazzi si collegarono alle Visby sul campo di battaglia. Pareva davvero un videogame. Solo che non lo era. Il tutto durò quasi una giornata e, a turno, Ste e Toni tolsero ogni tanto le mani dalla consolle solo per divorare un panino.

Era andata. In effetti la città lo aveva avuto, un Capitano, per breve tempo. Anzi, ne aveva avuto addirittura due, dopo l'azzardata decisione del Doge che si era suo malgrado trasformato per un momento in Dictator, ma le corvette del Potentato erano ormai ferme, saldamente ormeggiate al molo della Darsena: ne era affondata solo una. Anche la Maestra andò a vedere le "nuove" Visby, insieme alla gente in festa. Gli equipaggi veneti erano stati tutti tratti in salvo, ed era gente di valore, scienziati esasperati dalla battaglia, offesi che le proprie navi fossero state impiegate in un'azione che non aveva niente a che fare con le ricerche e le sperimentazioni sulle fattorie sottomarine di cui si occupavano loro coi Delfini. Uno di essi aveva perfino detto che lui doveva studiarlo, il mare, non spararci dentro, e che aveva avuto davvero vergogna dei loro amici Delfini, che si erano dovuti allontanare per non rischiare di rimanere vittime di quella stupida battaglia. Alla fine, il Potentato aveva perso otto delle proprie dieci Visby e i quaranta studiosi che vi avevano navigato lo avevano abbandonato. I comandanti illiri furono rimpatriati. Erano molto umiliati, ma anche convinti che la colpa fosse dei gerarchi del Potentato che non avevano accettato i loro consigli e non si erano serviti delle loro truppe attaccando da nord, dalla zona controllata dal Consorzio Padano, loro tiepido alleato, col quale il Potentato non aveva voluto contrarre debiti di riconoscenza.

Cap. III

Dopo la battaglia, Nora era tornata a casa, prostrata come per una grande stanchezza fisica. Sapeva a quale tensione fossero stati sottoposti i suoi ragazzi, e riteneva che quella che Toni e Steva avevano vissuto fosse stata un'esperienza deleteria: credeva fossero passati, i tempi in cui i maschi si misuravano fra loro combattendo! La cosa l'aveva abbattuta nel fisico e nel morale. E meno male che erano stati i due ragazzi stessi a cercare il modo di non uccidere i Veneti... Maledetta, stupida guerra. Capiva gli scienziati che non erano tornati nella zona controllata dal Potentato: difficile considerare "patria" quello che era semplicemente un insieme di imprese economiche che si era formato su basi che non avevano niente a che fare con la gente, e solo le persone più ingenue si erano lasciate convincere che lo fosse. Il Potentato aveva preso, con quella guerra, una decisione inaccettabile, e gli studiosi non volevano mai più essere coinvolti in una cosa simile. In quella città che li aveva accolti, la manovalanza era solo robotica e chi decideva la politica economica erano gli stessi che la mettevano in pratica: anche per loro "patria" era la piccola città in cui erano nati, ma non c'era nessuno che potesse dar loro degli ordini.

I ragazzi avevano organizzato un concerto a Caricamento, vicino a Palazzo San Giorgio, ma Steva non aveva voglia di confusione. Guardò meditabondo davanti a sé, verso la grande struttura metallica che si specchiava nel Porto Antico. Pareva un po' una di quelle grandi gru che un tempo si protendevano dalla prua delle navi, per caricare e scaricare le merci: i "bigo". La Maestra aveva cercato in rete il Bigo costruito al Porto Antico nella sua Era, col suo grande ascensore panoramico da cui si poteva ammirare tutta la città, e i suoi nuovi concittadini, entusiasti, avevano fatto una struttura molto simile. Il ragazzo vi si avviò. L'ansia provata da Steva era stata davvero forte, con quell'antipatica vocina che gli ripeteva che quello, sì, poteva anche sembrare un videogioco, ma non lo era per niente, e lui non avrebbe mai voluto veder affondare delle utilissime navi, e cariche di studiosi, soprattutto! Era stata una responsabilità terribile, per lui e per Toni, ma ci si era divertito come con un videogame pur sapendo che non lo era, e questa era la cosa più inquietante di tutte. Adesso aveva davvero bisogno di stare solo, di rilassarsi, di non pensare. Gli vennero in mente delle parole che la Maestra aveva letto ai ragazzi, quelle con cui lo storico francese Jules Michelet aveva descritto la loro città, nel XIX secolo d. C: "Con le sue scenografie chiuse e segrete, con le sue piazze che solo la strettezza dei "carruggi" rendono tali, la città pare da sempre raccogliersi per avere la forza di lanciarsi fuori, nel vasto mondo". Era proprio quello che veniva in mente lì, sul Porto Antico, e a Steva sembrava quasi che quelle parole in qualche modo potessero giustificare persino l'aver fatto la guerra, per quella loro città... ma temeva che la Maestra non sarebbe stata affatto d'accordo. Certo, si disse con forza il ragazzo, loro avevano dovuto difendersi, e lo avrebbe fatto qualsiasi animale... Solo che il punto era proprio questo: gli uomini non erano animali proprio come gli altri, in teoria avrebbero dovuto essere più ragionevoli, e non aver bisogno di arrivare alla violenza. Sì, era proprio così... anche se lui e Toni si erano divertiti lo stesso, nonostante il rischio di arrivare a uccidere. Già: era di sé che Steva aveva avuto paura, di sé e del divertimento che aveva provato. E se non si sbagliava di grosso, Toni si era divertito anche di più. A combattere "sul serio"? Com'era possibile? Certo che sembrava tutto un video-game, certo che gli uomini non si vedevano neppure, ma c'erano, eccome, e loro lo sapevano, e avrebbero potuto precipitarli per sempre negli abissi marini, chiusi nel ventre delle loro navi supertecnologiche, con le quali potevano affondare e morire sparendo come se non fossero mai nati... Erano stati attaccati, però, protestò ancora il ragazzo fra sé, dovevano ben difendersi! Lo dovevano a tutte le donne e agli uomini, alle ragazze e ai ragazzi, a tutti i bambini della città...

Il ragazzo si lasciò sommergere dall'atmosfera di quel luogo che pareva magico. Appoggiò il mento sulle mani che aveva posato sulla ringhiera, come un bambino piccolo. Le onde che sciabordavano leggere contro il molo sembravano carezzare la sua mente, e lenirne i timori. Il mondo attorno al ragazzo era fiabesco. Non c'era la luna, ma le stelle parevano fitte come chicchi di grano e tremolavano fredde sul mare insieme alle luci calde della città. Sagome di optimist e di canoe si disegnavano sulle banchine. Imbarcazioni da diporto e da pesca dondolavano ormeggiate ai moli, e ce n'erano anche alcune un po' particolari, non grandissime ma splendide nei colori caldi dei loro legni pregiati: erano i leudi che, insieme ai gozzi, alle pilotine e alle lancette, avevano ricominciato a produrre quelli di Riva Trigoso, nella Riviera di Levante, ed erano natanti ricercati in tutto il mondo non solo per i sofisticati strumenti informatici di ultima generazione di cui le imbarcazioni più grandi erano dotate, ma soprattutto per la loro antica capacità di tenere il mare, per la loro bellezza, e per la loro aria d'altri tempi. Ste, come tutti, sperava solo che non si arrivasse a ripetere gli errori che avevano portato a una catastrofe che dapprima era sembrata solo economica, ma che poi aveva distrutto il mondo dei loro antenati. La Maestra aveva osservato una volta che era logico: chi è disperato può anche darsi fuoco davanti al "centro del potere" (era successo anche davanti al Parlamento Italiano, già nella sua Era), ma chi vede in serio pericolo i propri figli… dà fuoco a qualcun altro. Tutto da capo, sì, ma fino a un certo punto, si diceva Ste. Bisognava studiare e capire cos'era successo, perché non si ripetesse mai più una cosa simile. Una voce lo riscosse e Steva sorrise fra sé, racconsolato: Metilde cantava, e senz'altro tutti erano rimasti incantati ad ascoltarla. Come una falena verso un lampione, Ste si mosse verso quella voce. Metilde era una ragazzina bionda, dall'aria ingannevolmente fragile, con una dolcezza di modi che non lasciava sospettare quanto fosse determinata e intelligente. Come gli altri, la ragazza portava il suo nome perché la pronuncia dialettale era tornata di moda fino a passare nello scritto, dopo che tutti avevano chiesto a gran voce che la Maestra insegnasse loro almeno qualcosa dell'antica lingua. Toni e Steva, o Ste, erano naturalmente Antonio e Stefano, e Metilde era Matilde. Dapprincipio, la donna aveva riso della richiesta, che le era sembrata davvero buffa: lei conosceva il dialetto e lo sapeva leggere, ma non lo aveva mai parlato, e sapeva che quelle persone in realtà erano troppo acculturate, e troppo commercianti, per non rendersi conto dell'utilità di una lingua di uso il più possibile comune. Con l'asse culturale ed economico che si era di nuovo spostato sul loro mare, in tutta l'Europa centro-meridionale e il nord Africa era addirittura tornata a diffondersi, affiancando le lingue nazionali, una sorta di "lingua franca" legata a tutte le lingue del Mediterraneo. Piacevolmente colpita, Nora aveva notato che, pur con corpose integrazioni anglo-germaniche, quella "nuova" lingua era davvero molto simile a quella antica usata dal mitico Colombo e dai suoi marinai. La Maestra si rendeva conto di quanto la gente fosse ancora sbalestrata, confusa da tutto ciò che era successo e ancor più da tutto ciò che era cambiato, e capiva come sentisse il bisogno di stabilità e di tradizioni che li collegassero al passato, "saltando" col pensiero gli orrori che voleva dimenticare. Ecco perché amavano usare il dialetto nei modi di dire, nei nomi propri, nella toponomastica della città: per i suoi concittadini poi, il genovese era anche un modo per riallacciarsi ai propri antenati, quelli che mettevano in fuga i pirati solo inalberando il vessillo del drago. Nell'Era 2000 però, il dialetto era stato solo una curiosità "adulta": la Maestra lo conosceva perché era stata la lingua (anzi, "erano state le lingue") della generazione prima della sua, ma non si riteneva un'esperta. Così, aveva cominciato col leggere ai suoi concittadini dell'Anonimo Genovese, del suo amore per la città e per la sua lingua, poi aveva "ripescato" le sempiterne fiabe in rima di Martin Piaggio, "l'Esopo Zeneize", per approdare infine alle poesie di Edoardo Firpo, il poeta-partigiano.

Metilde era stata una delle migliori allieve della Maestra, e in qualche misura lo era ancora. Appena ne era capace, ogni ragazzo svolgeva qualche piccola attività per la comunità che potesse creare degli obblighi economici, dei "genovini". Nel tempo libero dallo studio che alla sua età era naturalmente l'attività principale (aveva solo diciassette anni), Metilde ad esempio si divertiva a disegnare a mano tessuti per gli interni delle barche e per gli abiti delle persone, poi passava il tutto ai computer e alle macchine, ed erano disegni strani e affascinanti. Soprattutto però, Metilde cantava. La Maestra pensava che fosse stata lei, più di chiunque altro, a darle la misura del tempo che era trascorso dalla sua epoca. Come tutti, la ragazzina aveva imparato dalla lei la teoria musicale di base, e a cantare dalle vecchie registrazioni, ma la sua musica era spesso dissonante e inquieta, con punte di lirismo da levare il fiato, da far luccicare gli occhi, mentre i suoi cromatismi creavano momenti che per la donna più anziana erano di disagio puro. Anche la sua voce pareva conoscere registri ignoti, e nelle sue note si sentivano clangore di metalli e canti d'uccelli, il fischio del vento e l'agitarsi delle vele.

Quando Ste arrivò in piazza, il silenzio era totale, salvo qualche rado singulto che si levava dalla piccola folla. Anche gli adulti erano usciti da Palazzo San Giorgio e dalle proprie case per ascoltare. In quella piccola società ipertecnologica e scarsamente abitata, che quasi non conosceva il lavoro manuale, gli adulti erano quelli che non dedicavano più allo studio la maggior parte del proprio tempo, perché con gli anni lo studio poteva diventare faticoso e poco produttivo, e sla mente stentava a impegnarsi a lungo sulle cose nuove.

Ste vide Toni e gli si avvicinò. L'amico era seduto su uno di quei vecchi camminamenti che un tempo erano riservati alle persone, quando la strada era invasa da quei mezzi di trasporto puzzolenti e

pericolosi (spesso addirittura individuali) che chiamavano "automobili", cioè "a movimento autonomo", anche se non lo erano affatto:
quei mezzi non avevano un cervello robotico ed erano gli uomini a
guidarle, secondo le proprie capacità e la propria intelligenza. La
Maestra aveva raccontato ai ragazzi che, poco prima del suo
"incidente", aveva letto in rete qualcosa come: "Negli ultimi 5 anni la
media è stata di 1.281 vittime di incidenti mortali e 80.876 feriti
l'anno". Sembrava una guerra!
Steva trovò Toni: la testa gli ciondolava sul petto, e aveva gli occhi
chiusi. Una lacrima pareva farsi strada a forza fra le sue palpebre
serrate. Nonostante l'inattesa esaltazione guerresca che aveva colto
tutti e due durante il combattimento, e col senso di vuoto che avevano
provato alla fine, Ste pensò che probabilmente non era solo la loro
esperienza di guerra, o la musica, a sommuovere così l'amico, ma
Metilde stessa: nonostante l'assistenza che ricevevano tutti per
imparare le responsabilità che avevano verso la propria vita e verso le
generazioni future, la ragazza era singolarmente casta, e tutti la
desideravano, lui compreso. Nonostante questa specie di "rivalità" fra
loro però, a Ste sembrava quasi che la loro amicizia fosse
assolutamente parte di loro, che risalisse addirittura al ventre delle
loro madri, e che, da molto prima che loro due fossero qualcosa più
di un sogno, affondasse in quella dei loro genitori. Naturalmente poi,
da quando i loro padri erano scomparsi per lo scoppio di una bomba
di "quei *briccaioli* retrogradi", come li chiamavano tutti (una bomba
tanto artigianale quanto letale), lui e Toni erano ancora più uniti, e le
loro madri, che si erano appoggiate l'una all'altra, erano diventate
come sorelle. Ste si affiancò all'amico, e i due giovani restarono
vicini, l'uno nella mente dell'altro, in mezzo alla folla silenziosa.
Dalla propria finestra su Caricamento, anche Nora si era affacciata ad
ascoltare. Metilde le era sempre piaciuta. Parlava poco, ma pensava
sicuramente molto: la sua musica e i suoi disegni "sapevano" di un
ribollire che spaziava su vasti orizzonti e profondità misteriose.
Secondo la donna però, ciò che la ragazzina aveva fatto fino a quel
momento era solo un passatempo, e riteneva che lei fosse ancora ben
lontana dall'aver espresso il proprio vero potenziale.

Lassù, sulle colline liguri, i Retrogradi (cioè quelli che rifiutavano
tecnologia e cultura "colpevoli dello sfacelo mondiale") erano sempre
stati singolarmente poco numerosi, ma qualche attentato era stato

compiuto anche lì. Ormai, nella Nuova Repubblica, di quegli irsuti neo-selvaggi ne erano rimasti pochissimi, e solo fra i gruppi umani che si erano rifugiati sulle colline per non essere "contaminati dalle scelte blasfeme" di quelli che erano rimasti sul mare. In altre parti del mondo però, i ragazzi lo sapevano, le cose erano andate diversamente, e intere regioni del pianeta stavano fuggendo al galoppo verso un nuovo Medioevo, generalmente spinte in quella direzione da regimi totalitari e integralisti. Il giorno dopo il concerto, la Maestra diede il proprio parere positivo alla "Missione *In-briccati*", come l'aveva chiamata il Doge con espressione colorita che derivava dalla parola dialettale "bricchi": si riferiva naturalmente alle tribù di Retrogradi che infestavano le colline come "mala erba". La definizione così severa però era della Maestra: col culto per l'autodeterminazione che li caratterizzava, i suoi concittadini avevano sempre guardato quasi con simpatia quei gruppi che si definivano "neo-ecologisti", ma le cui idee erano solo superstiziose: di fatto, erano semplicemente tornati allo stato selvaggio. La Maestra invece non era affatto tenera, con loro. Sentendone parlare, all'inizio aveva sorriso: le era quasi sembrato il vecchio e sempiterno attrito fra "campagnoli" e "marinai", ma aveva capito presto che si trattava di ben altro. I Retrogradi non erano di fatto assimilabili a nessun gruppo veramente "selvaggio" dell'epoca sua, perché non avevano una vera e propria cultura tribale, ma solo generiche idee che definivano "ecologiste" ma che non avevano nessuna base scientifica, neanche quella tradizionale, perché, praticamente, nessuno di loro era stato d'origine contadina. E poi, secondo la Maestra, la possibilità di scelta, loro, l'avevano avuta. E l'avevano esercitata. Ad esempio, sui loro bricchi ne usavano ben poche, di case, e solo come rifugio invernale, né più e né meno che se fossero state grotte: erano loro ad accendere i fuochi che lei aveva visto la mattina del suo "risveglio", e lo facevano con le pietre e con gli sterpi. Tra l'altro, lì non c'era mai stata una gran fauna, e la Maestra era convinta che i passeri, i colombi, e anche i conigli rinselvatichiti, fossero stati sterminati proprio da quei nuovi selvaggi che, secondo lei, infestavano le alture genovesi. Pensare, e la cosa lì per lì l'aveva sorpresa, che aveva saputo che erano stati loro, i Retrogradi, a diventare presto una preda: ma del resto, cosa poteva essere l'uomo nudo? Ci voleva solo un predatore.

Già nell'era 2000 i contadini dei bricchi dicevano di vedere, un po' troppo spesso, dei lupi troppo grossi per venire dall'Appennino, e mostravano grosse orme e grosse deiezioni, parlando anche della scomparsa di animali troppo grandi per essere trascinati via da un lupo normale, ma nessuno li ascoltava. Da cento anni almeno però, non si potevano più avere dubbi, e sui monti era certamente ricomparso un essere che si credeva estinto dalla fine del XIX secolo d. C.: il lupo ligure.

Cap. IV

Il lupo ligure aveva una grossa testa e un'intelligenza prodigiosa: era il lupo delle fiabe popolari, il lupo di Cappuccetto Rosso, il "fratello maggiore" del lupo degli Appennini. Adesso, era diventato ancora più alto che nel passato, quasi un metro al garrese, e qualcuno anche di più. Per i Retrogradi era un incubo: per sfuggirgli non bastava essere giovani e forti, e loro non avevano né artigli né zanne né garretti veloci, e neppure armi di nessun genere, salvo rami e pietre. "Quelli del mare" invece, come li chiamavano i Retrogradi, ne erano affascinati. Protetti dai loro bastoni storditori, i giovani partivano in gruppo per andare a osservare la vita di quella creatura, e un giorno uno di loro, istintivamente, aveva bloccato col suo" bastone" un Retrogrado che non lo aveva visto arrivare e aveva alzato la sua clava rudimentale per schiacciare un lupacchiotto nascosto fra l'erba gialla, e i guaiti terrorizzati con cui il piccino invocava la madre si sentivano di lontano. La Lupa, che stava correndo verso di lui, aveva visto la scena. Arrivata dal suo cucciolo, lo aveva afferrato per la collottola, lo aveva portato a distanza di sicurezza, e poi si era fermata un po' sorpresa a guardare quello strano animale che gli e lo aveva salvato, ed era un po'più vicina di quanto non fosse mai stata. Quella creatura assomigliava davvero molto ai due-zampe che erano la sua preda naturale, notò la Lupa, ma non voleva dire granché: sapeva benissimo che c'erano anche animali che assomigliavano a lei, ma non erano come lei. Tra l'altro, quel particolare due-zampe aveva in mano uno strano bastone che, lo sapeva e lo aveva appena visto, mandava una luce accecante capace di bloccare chiunque, peggio delle sue zanne perché colpiva anche da lontano, e per un po' non ci si poteva più muovere, dopo, e quando il sangue tornava a scorrere nelle zampe, provocava un fastidioso formicolio. Gli e l'aveva raccontato sua madre, che aveva un giorno avuto la malaugurata idea di assalire una di quelle creature. E una volta era persino accaduto che alcuni di quegli strani due-zampe dalla "pelle" pendente avessero dato cibo a dei giovani incoscienti che si erano avvicinati troppo, e non li avevano neanche toccati, anzi, li avevano lasciati andare per la loro strada. Lei lo sapeva, perché era stata fra loro. E c'era anche un'altra caratteristica, strana e inquietante ma significativa, che colpiva i Lupi della Famiglia: quelle creature non avevano odore di preda. La Lupa aveva posato il cucciolo a terra, lì, a distanza di sicurezza rispetto a

quell'essere che la incuriosiva e la inquietava, poi aveva cominciato a strisciare piano verso quella creatura, ventre a terra. Possibile che non avesse davvero odore? No… Se ne era accorta solo da molto vicina. Quel due-zampe aveva un leggero odore di fondo che era simile a quello delle loro prede, eppure era diverso, come di fiori, non era un vero odore di preda: non sapeva di sangue, di sterco, di terriccio… e neanche di paura. In quell'attimo, una zampa dell'essere si era mossa piano, scomparendo dentro a un oggetto che lui portava appeso al collo, e, quando ne uscì, teneva qualcosa fra le dita, ed emetteva strani versi, mugolii, schiocchi… Cibo! Quello sì, che era vero odore di cibo! Affamata, la Lupa aveva mostrato i denti. Anche la creatura aveva mostrato i propri, eppure non pareva volesse aggredirla. E poi, i suoi denti erano miseri, piccoli, come spezzati, e i versi che aveva cominciato di nuovo a emettere avevano un altro tono rispetto a prima: in qualche misura, alla Lupa quei suoni facevano venire in mente dei cuccioli, anzi, aveva rivisto per un attimo la propria madre, quando uggiolava pulendola con la sua grande lingua calda… Poi l'essere le aveva lanciato qualcosa, quasi raso terra, ed era chiaro che non voleva colpirla. Lei comunque si era tirata indietro, appena appena, per innata diffidenza selvatica, ma l'odore l'aveva spinta di nuovo avanti. Era davvero cibo, quello!
Da quel giorno erano passati cinquant'anni. Nessun Lupo ricordava ancora il tempo in cui si era cibato di uomini. Erano lupi diversi da quelli dell'Era 2000, ed erano molto più evoluti e intelligenti di loro, anche se la Maestra ricordava avvenimenti inquietanti che riguardavano l'intelligenza dei lupi canadesi della sua epoca, lupi che, pure, non avevano minimamente lo sviluppo cerebrale di questi. Se i Retrogradi non li avessero attratti su quelle alture (erano così facili da catturare), quei Lupi sarebbero senz'altro rimasti nel grande bosco ricco di prede che si era riformato, dopo tanti secoli, fra quelli che erano stati la Liguria e il Piemonte. La Maestra li chiamava, scherzosamente, "i Marchesi del Bosco", e diceva che erano molto più civili di quelli a due zampe che avevano sfoggiato quel titolo, nel primo Alto Medioevo. Adesso, i Lupi che non si erano nuovamente rintanati nella selva si stavano addomesticando, o meglio, forse, si stavano "incivilendo", e non cacciavano più i due-zampe dai lunghi peli in testa che avevano odore di preda, perché ai loro nuovi amici dispiaceva. Se l'inverno era particolarmente rigido, "quelli che sapevano di fiori" li aiutavano persino a sfamarsi. I Lupi non

dividevano mai la casa con loro, ma parevano stare ugualmente molto volentieri con gli uomini e, in cambio del loro cibo e, si sarebbe detto, della loro amicizia, avevano preso l'abitudine di intervenire di propria iniziativa in qualsiasi occasione fosse utile il loro aiuto, e circolavano liberamente per la città, che parevano sempre più una nuova specie di cittadini.

Da tempo ormai la Compagna, l'insieme di tutti i Consiglieri, inviava derrate alimentari perché i Retrogradi avessero cibo a sufficienza, e abiti perché potessero ripararsi dal freddo. Secondo la Maestra, questo aveva fatto di quella gente dei parassiti, dei ratti ipocriti: no alla tecnologia e alla scienza, ma, per sopravvivere, sì ai prodotti di queste "diavolerie" ottenuti tramite il lavoro altrui. I suoi concittadini l'avevano sempre trattata, in questo, come un'anziana che non capisse il diritto di ogni gruppo umano alla propria cultura: addirittura, lei non la riteneva neanche tale, quella dei Retrogradi. Inoltre, e questa invece era un'obiezione molto seria che i loro medici avevano enfaticamente approvato, secondo la Maestra si trattava di un gruppo troppo numericamente limitato, almeno lì da loro, per garantire la non degenerazione genetica, cioè la nascita di bimbi sani. Lei pensava anche che i bambini e i giovani si sarebbe dovuto recuperarli, se fosse stato possibile, perché non erano responsabili delle scelte dei propri genitori. Dapprincipio tutti questi discorsi restarono solo parole, poi, ogni tanto ma sempre più spesso, dalla città cominciarono a sparire delle ragazzine, e delle bambine. Certamente esse, molto autonome ma a volte un po' stordite, rimanevano vittime di qualche profonda forra o degli scogli battuti dal libeccio, dicevano gli adulti, ma quando presero a non tornare a casa interi gruppi di tre o quattro giovani che portavano gli aiuti sulle alture, qualcuno cominciò a capire che forse la Maestra aveva ragione, e che c'era qualcosa di molto più sinistro dietro quelle sparizioni. E la "Missione *In-briccati*", la Missione fra gli abitanti dei bricchi, ebbe inizio.

Il Parco del Peralto non era più quel ch'era stato nell'Era 2000: una specie di "giardino della città" per il divertimento degli abitanti, con i percorsi ginnici e il Parco Avventura. Adesso la zona delle alture, persino dove esse erano state più fortemente antropizzate, era rinselvatichita e invasa dalle sterpaglie che cancellavano i sentieri. Gli occhi vuoti delle poche costruzioni fatiscenti, sopravvissute al tempo e all'abbandono, erano mascherati solo dalle lunghe erbe semirampicanti, irte di spini, che parevano essere diventate una caratteristica peculiare di quei luoghi. Gli ingressi delle case si aprivano su vere e proprie tane, nelle quali il freddo era mitigato solo dalle fascine di erbe buttate sui pavimenti. Di quelle costruzioni, talmente degradate da confondersi con l'ambiente circostante, era generalmente usato solo il piano terra: le infiltrazioni d'acqua rendevano pericolanti i tetti e i muri, e inaffidabili le scale interne. Fra i Retrogradi però, c'era ancora chi sapeva che non era sempre stato quello, il loro modo di vivere.

A volte, l'Anziano diceva ai ragazzi, ricordando i racconti dei nonni: «Non pensavamo che avremmo finito per vivere in questo modo, ma pare che non ci sia altra scelta: o adattare il mondo a noi o adattarci a esso, e dopo il disastro passato abbiamo voluto tentare la seconda strada, come fanno gli animali che sono dei "giusti". "Quelli del mare" vivono nel caldo e nel morbido, ma si dice usino addirittura l'energia atomica... E devono anche essere streghe, visto che hanno completamente soggiogato quei lupi giganteschi che sono stati il nostro incubo per tanto tempo. Ed è spaventoso pensare a cosa devono essere diventati oggi, "Quelli del mare", dopo il Risveglio dell'Antica, la Strega, la Salamandra, che è un essere pericoloso e blasfemo. E credetemi: esiste davvero, non è solo un "babau" per bambini!».

L'Anziano si guardò in giro. Attorno al fuoco acceso in un cortile, erano seduti cinque giovani, tre donne e due uomini. Si alzò e si mise a salmodiare, che sembrava un ben più civile stregone pellerossa. Magro e seminudo, con uno straccio attorno alle reni, riusciva comunque ad avere dignità e carisma. Pregava l'Unico per il bambino che doveva nascere, che fosse umano, e che non miagolasse come un animale lasciando il grembo della madre, come troppo spesso accadeva. E, dopo, non imparava neppure a camminare, e non parlava. Il problema vero era la Strega, naturalmente, sempre lei. Quale maleficio aveva mai fatto ai loro figli? Il vecchio chiuse un attimo gli occhi. Sapeva che i ragazzi, ascoltandolo in rispettoso silenzio, sognavano in realtà solo il giorno in cui sarebbero scesi giù e... E? Gli dicevano, sempre più spesso: «Oh, insomma! Ma c'è davvero differenza fra l'eliminare quella gente che usa persino il nucleare e la streganza, e i topi che invadono le nostre case per nutrirsi delle nostre provviste? Non sono animali allo stesso modo?». Quando i ragazzi parlavano così, in tono rancoroso, il vecchio sospirava. Pacifista per tradizione come tutti i vecchi Retrogradi, scuoteva la testa, ripetendo qualcosa che ormai doveva dire sempre più spesso: «Figliolo, uomini e animali… non sono proprio uguali. E comunque, la vita andrebbe sempre rispettata, in ogni sua forma». Anche quella volta il ragazzo tacque davanti a lui, ma lo sguardo che si scambiò con gli amici era eloquente. Quello sguardo pareva dire: "Maledetti quelli del mare, che non hanno mai fame grazie alle proprie pratiche oscene. E che prosperano grazie alle Arti dell'Antica!". Poi, il ragazzo guardò la futura nuova Madre, e sorrise fra sé: era "sua", come lo era il piccolo che portava in grembo. Una meraviglia, anche se aveva dovuto lottare parecchio, per accaparrarsela, e anche dopo… Certo, loro avrebbero continuato a portarsi via "le ragazze del mare", che erano così morbide finché erano "nuove", anche se presto diventavano ruvide come le loro. Peccato solo che quelle ragazze fossero meno obbedienti, e che non fosse facile far loro intendere ragione: si battevano come leonesse, e se le "bambine del mare" non fossero state così ben protette, sarebbe stato meglio cercare di prendere solo loro. In fondo crescevano alla svelta, anche se vivendo la loro vita perdevano presto delicatezza e profumo. Tra l'altro, a parte tutto, quelle ragazzine apparentemente fragili bisognava prendersele assolutamente, perché gli Anziani dicevano che l'unico modo per farsi perdonare dall'Unico l'uso dell'atomo e dei concimi "strani" era quello di unificare di nuovo la popolazione, prendendosi le donne di "Quelli del mare". E visto che loro erano del tutto innocenti delle aberrazioni di quella gente, che l'Unico li perdonasse davvero, pregavano, e che infine la smettesse di far nascere, fra i loro bambini, dei mostri che con gli uomini non avevano niente a che fare.

I giovani procedevano cauti, armati ognuno di un bastone storditore. Per questa volta dovevano solo cercare di recensire quella gente, per vedere quanti bambini e quanti ragazzi e ragazze ci fossero, e se possibile per cercare tracce delle loro amiche e dei loro amici scomparsi. La cosa peggiore era stata rendersi conto che non erano animali, quelli di cui avevano visto le tracce nelle tane delle case diroccate. E che non lo erano neppure quelle poche creature ballonzolanti che parevano attratte e insieme respinte da loro, e li seguivano al riparo dei cespugli. Sembrava quasi che una nuova popolazione stesse invadendo i bricchi, una popolazione nuova e insieme antichissima, che si trovava nelle fiabe dei loro antenati e che era come un "anello di congiunzione" fra gli uomini e le creature del bosco. Toni inspirò forte e parlò in tono di allettamento, con voce forte e chiara: «Uhm! Che buono! Vieni qui, non aver paura! Guarda com'è buono, questo! Uhm! Prendilo, su! Guarda! È cibo! Uhm! Buono!». Il ragazzo schioccò la lingua e fece l'atto di mangiare. Finalmente, la creatura che stava cercando di attirare fu in piena vista. Questa volta non era un Lupo, com'era capitato ai suoi antenati tanti anni prima. Non camminava neppure eretta, come sempre più spesso facevano i Lupi, che preferivano avere il più possibile le zampe anteriori libere, per poter essere più utili a quei nuovi amici che erano più fragili dei loro cuccioli. No: quella creatura per spostarsi usava mani e piedi, in un modo stranamente scoordinato, e in genere strascicava addirittura il bacino per terra, e sembrava fare una grande fatica, come se il terreno non fosse stato il suo habitat normale, e lei fosse invece abituata a strisciare in protettive gallerie sotterranee... Ste giudicò che non fosse più alta di una sessantina di centimetri. Aveva la testa rotonda, piccole orecchie appuntite e denti piccini, triangolari, tutti uguali. Gli occhi, sul nasino minuscolo e schiacciato, erano sottili, con una strana luce aliena nello sguardo. La creatura mugolò in tono di infantile protesta e Toni porse piano la mano verso di lei, col palmo aperto, tendendo un biscotto. L'essere balzò, spinto dalla fame e respinto dalla paura, e Toni tese le braccia per prenderlo al volo, o sarebbe caduto. Appena lo toccò però, quello strillò con evidente terrore, un suono stridulo e acuto da accapponare la pelle, un grido che era anche come un soffio, simile a quello di un gatto spaventato. Ed effettivamente aveva qualcosa del gatto, pensò Ste, e anche Toni lo notò e, colto di sorpresa, lasciò che la creatura gli sfuggisse strisciando dietro i cespugli.

Pochi minuti dopo, all'improvviso, un'altra creatura si buttò contro l'amico che gli era vicino. Dopo il primo attimo di sorpresa, prima di reagire male, questi comprese di colpo cosa stesse gridando quella che, si era reso conto quasi subito con orrore, era una ragazza dai lunghissimi capelli appiccicosi: «Zorzu! Zorzu!» gridava, Giorgio! Il ragazzo allungò le braccia per sostenerla, e lei svenne. La voce di Toni, stranamente atona, disse: «È Marin-na, tua sorella». Era pallidissimo. L'altro non rispose. Aveva stretto la ragazzina contro di sé, cercando di farlo senza schiacciarle il ventre, grande come quello delle donne che aspettano un bambino, e grosse lacrime avevano preso a rotolargli dalle palpebre chiuse.

I ragazzi tornarono in città, sconvolti. Descrissero il modo di vita di quella gente che, per adattarsi al mondo così com'era, aveva finito per accorciare la distanza fra sé e gli animali meno evoluti. Raccontarono agli amici dei mitici "bimbigatto", di cui avevano già parlato altri "esploratori", ("Sì", aveva mormorato la Maestra col viso molto serio, e nessuno aveva capito a cosa si riferisse), e anche dei simpatici "bimbiscimmia", che sembravano sempre bambini piccoli, come eterni cuccioli. Gli esploratori erano riusciti a contare non più di quattro o cinque giovani per gruppo, non più di due "anziani", e al massimo tre bambini. E fra quei bambini, uno almeno era una creatura che pareva aliena, umana in modo "strano". Secondo gli esploratori, in tutta la corona di monti attorno alla città non ce n'erano più di quattro, di questi gruppi di tipo tribale. Dopo aver sentito il loro rapporto, la Maestra fece una smorfia, e quando parlò la sua voce era amara: «I pochi anziani che avete visto sono solo maschi perché non devono fare bambini e non muoiono di parto, ma fra i giovani ci sono soprattutto femmine, perché le bambine sono più resistenti! Sono tornati al Paleolitico, e le loro "caverne" sono le case che avevano costruito i loro antenati più civili. Soprattutto però, i bambini difformi che avete visto sono un pessimo segno, altro che creature fiabesche... E non saranno certo gli ultimi, a nascere fra quella gente».

La madre di Marin-na, come età, avrebbe potuto essere due volte sua figlia, e Nora andò a trovarla per vedere di aiutarla in qualche modo. La donna era sconvolta e non sapeva fare altro che stringere la figlia a sé, cullandola come quando era piccola. I Retrogradi se l'erano presa mentre con gli amici andava alla riscoperta degli antichi sentieri, e si era allontanata dal gruppo. Adesso, Marin-na stava sempre vicino alla madre, seguendola dappertutto: con lei si sentiva al sicuro, le sembrava di curarsi "dentro". Le sue amiche, soprattutto Metilde che aveva pochi anni più di lei, andavano spesso a trovarla e Marin-na ne era felice, ma non perdeva di vista la madre neanche per un attimo. Non aveva ancora quattordici anni.

Cap. V

Un giorno, il Doge radunò tutta la popolazione alla Sala delle Compere di Palazzo San Giorgio: c'era da discutere del problema dei Retrogradi. Disse: «Sono tanto pochi, quei selvaggi, che con un'unica spedizione potremmo prenderli tutti. Non possiamo permettere loro di continuare a prendersi le nostre figlie e a uccidere i nostri figli» «Sì, e poi? Cosa ne facciamo? Li sterminiamo tutti come dei ratti?» rispose la voce rancorosa di Zorzu. La domanda si perse nel silenzio. «Forse… una riserva?» sussurrò Toni con voce incerta. «Però, cerchiamo almeno di vedere quali potremmo accogliere fra noi!» aggiunse subito Steva, accorato. La Maestra intervenne in tono autorevole: «Certamente, ragazzi. Steva ha ragione. Credo che, fra i giovani, qualcuno di rieducabile si possa trovare. E naturalmente poi, ci sono da educare e da curare tutti i bambini, anche quelli che vi sembrano usciti da una fiaba tenebrosa… Per gli altri, per i renitenti troppo adulti, forse la soluzione di Toni è la migliore. Lasciamo che vivano sulle colline, portiamo loro di che coprirsi e sfamarsi come abbiamo fatto finora, teniamoli sotto controllo per qualche anno… e lasciamo che si estinguano in pace».

Sulla Spianata dell'Acquasola, nel giardino tornato agli antichi splendori dopo lunghi anni di decadenza addirittura anteriori alla Grande Crisi, Marin-na e Metilde chiacchieravano tra loro, sorvegliando i giochi dei bambini. Come nelle colonie di gatti che avevano un tempo abitato la città (ma si stavano riformando), le donne più giovani, mamme o no che fossero, si prendevano cura a turno dei bambini di tutte, o almeno di quelli che erano in età "prescolare": li portavano nei parchi gioco o alla spiaggia, in modo che le loro mamme e i loro papà potessero lavorare. Molti anziani le affiancavano volentieri e, comunque, tutti venivano remunerati dai genitori con dei genovini. Poco lontano dalle due amiche, due cigni navigavano maestosi nel laghetto, creando un'atmosfera da Arcadia. Sull'isoletta boscosa al centro del lago, anatre colorate entravano piano nell'acqua, allungando le zampe con una prudenza e un'eleganza degne di fanciulle del tempo andato, ma era dei grandi cigni che avevano timore. Un bambino piccolo trotterellò verso le due ragazze, con un sassolino iridescente posato sulla manina: «Mamma! *Guadda*! Bello!» disse con un entusiasmo colmo di meraviglia. Marin-na gli scompigliò i capelli, e gli rispose sorridendo: «Bellissimo, Zorzu! È proprio bello! Ora però andiamo a casa, o la nonna starà in pensiero». Poi la ragazza si alzò, si chinò a prendere in braccio il piccino, e lo baciò stringendolo a sé. Metilde la seguì, un po' rabbuiata: era un vero miracolo, quel giorno, essere riuscita a far uscire di casa Marin-na senza sua madre! Scosse il capo, e disse all'amica: «Tua madre, povera donna, non ha mai superato il trauma di quello che ti è capitato, ma è già un miracolo se l'hai superato tu!». Marin-na tacque un momento, con la testa china sul piccolo. Lo sguardo dei grandi occhi neri era velato dalla "tenda" di capelli corvini che si riversavano anche sul bambino. Guardò l'amica di sottecchi: le era sempre piaciuta molto, Metilde, era così "grande" e così in gamba! Adesso però che lei aveva un bambino, chi era la più grande delle due? Mormorò: «Superato… Cosa vuoi che abbia superato. Sembra così perché sono tra amici, e ho Zorzu a cui pensare… Di giorno sto bene, ma la notte ho ancora gli incubi. Sono animali pericolosi, quelli. Io li conosco. Litigavano per me come se fossi stata una cosa, e ognuno voleva rubarmi all'altro… Sono animali!». Metilde sospirò. Rispose: «No, mia cara, sono uomini... purtroppo, anche se si comportano da animali pericolosi. Sarebbe facile liberarsene, altrimenti! Però potevi lasciare che Zorzu fosse allevato da qualcun altro, magari in qualche parte della Repubblica fuori da questa città, qualcuno senza bambini che lo avrebbe amato, e tu avresti potuto riprendere la tua vita…». Rispondendo all'amica, Marin-na scosse il capo: «A essere sincera, per un momento ci ho anche pensato, ma… E se gli fosse successo qualcosa? Come avrei potuto perdonarmelo? I genitori ci sono apposta: devono proteggere i propri bambini. Sono responsabili di loro» disse. Metilde la guardò, sorrise e si sporse a baciarla sulla guancia. La sua amica aveva ragione. Fece "il ganascino" al bimbo che rise contento. Le venne in mente un'antica canzone che aveva sentito dalla Maestra: l'aveva colpita tanto da cercarla in rete, ed era opera di un antico artista della loro città. Canticchiò: "Femmine un giorno per un nuovo amore, povero, ricco, nobile o messia…Femmine un giorno e poi madri per sempre...". La voce le si smorzò, e Metilde s'incupì: per Marin-na non c'era stato nessun amore a renderla madre, né nuovo né vecchio. Era orribile.

Metilde mise un braccio attorno alla vita dell'amica, poi scese con lei verso Corvetto, la piazza in cui si trovava il più vicino posteggio delle carrozzelle a pedali. La Maestra aveva riconosciuto il luogo solo dalla sua forma particolare e dalla sua posizione. La statua equestre di Vittorio Emanuele II, che l'aveva dominata ai tempi suoi, era stata abbattuta quando la gente non era ancora tornata tanto civile da aver rispetto per un manufatto solo perché era antico, ma lo era già abbastanza da rendersi conto di quanto incongruo fosse un oggetto simile in una città come la loro. La Maestra aveva provato un'intima soddisfazione per quella scomparsa: aveva ripetuto ai ragazzi, in tono enfatico, l'epigrafe che si vedeva sul basamento e che ricordava benissimo per la rabbia che le aveva sempre fatto: "I genovesi al Re Vittorio Emanuele II" (proprio quel re che aveva definito i genovesi: "vile e infetta razza di canaglie"!) poi aveva tenuto delle lezioni su quel re e sui suoi rapporti coi loro concittadini del XIX secolo, che non volevano perdere la propria antica indipendenza. Casualmente, era stata invece recuperata, restaurata e rimessa al suo posto la lapide che era stata posta nel 2009 a perenne ricordo (e biasimo) della strage perpetrata dai soldati di Vittorio Emanuele, in quel lontanissimo 1849, e del sacco cui poi era stata sottoposta la città. Adesso, il centro della piazza era occupato da un laghetto alimentato dal Rivotorbido, che era stato coperto per tanti anni.

Era quasi ora di cena. I lampioni della strada si erano accesi tutti insieme, ma non ci si faceva caso, perché si accendevano lentamente, accentuando la propria luminosità a mano a mano che diminuiva quella del giorno. La sera, ora, c'era un grande silenzio: Metilde e Marin-na non potevano neanche immaginare lo strombazzare dei clacson, lo stridore dei freni, il brusio di gente come di insetti, i mille colpi e i mille rumori non sempre identificabili che avevano infestato il centro città, persino di notte. La Maestra ne aveva parlato, ma era una cosa così strana e assurda. Metilde si separò dall'amica in Banchi. Normalmente, loro non usavano la parola "piazza". Dicevano: "in Banchi", alla genovese, così come dicevano "a De Ferrari", "in Campetto", o "o Portello": dov'erano le piazze, nella vecchia Genova? In Centro, di spiazzi abbastanza ampi da essere degni del nome di "piazza", c'erano solo piazza De Ferrari, che era del '900, e piazza Caricamento, il piazzale in cui, al tempo dell'antica Repubblica, venivano scaricate e caricate le merci che venivano negoziate nella Sala delle Compere di Palazzo San Giorgio.
Metilde camminava col naso per aria lungo la passeggiata al Porto Antico, perdendosi a guardare affascinata il cielo fitto di stelle. Ormai

sotto casa, si fermò un attimo con gli occhi al cielo. Non ne aveva ancora parlato a nessuno, ma aveva un sogno: una "macchina" che potesse "imbastire" a piccole pieghe lo spazio, con "l'ago" che passava da una piega all'altra senza bisogno di compiere i troppo lunghi tragitti fra le stelle, per i quali non sarebbe bastata una vita umana. Si decise di colpo, o almeno così le parve. La Terra era davvero esausta. Aveva dato troppo. Senza le Centrali a cascata non avrebbero più avuto materie prime sufficienti, e naturalmente neppure quelle potevano essere eterne. Sarebbero diventati tutti come i Retrogradi. Sarebbero arrivati all'estinzione. E la Terra sarebbe morta. Terribile. Impensabile. Metilde decise che il giorno dopo sarebbe andata a Balbi, a cercare chi potesse rispondere alle sue domande, e capire le sue idee.

Balbi era stata la via del Palazzo Reale, e poi dei palazzi universitari. Oggi, era il punto d'incontro di gente che viveva per lo studio e per la ricerca, insegnava per potersi permettere di vivere in questo modo, ed era pagata dai discepoli. Proprio come la Maestra.
La via recentemente restaurata era elegante e severa, nonostante che, a suo tempo, i Savoia ne avessero impedito il completamento monumentale. Una scalinata, larga che metteva soggezione, partiva dall'atrio del palazzo principale dell'Università. Metilde entrò e si guardò in giro, esitò appena, poi si avviò verso il computer dell'ingresso. Digitò "esplorazione spaziale", poi voci correlate: astronavi, fisica quantistica, fisica nucleare, persino voci della fantascienza, come iperspazio ad esempio, e addirittura "velocità curvatura": la Maestra aveva ripescato per i suoi studenti, in rete, la serie televisiva e i film di "Star Trek", che erano addirittura del XX secolo d. C., ma che tutti trovavano affascinanti. Finalmente, Metilde trovò il nome di un giovane Maestro che si occupava di studi di quel genere: G.B. Dagnino. Lo conosceva di vista: era un bel ragazzo, piacevole e cortese, e gli e lo aveva presentato la Maestra. Era stato un suo allievo, non troppo tempo prima. "GB", Giovanni Battista, patrono della città, a Genova poteva originare un'infinità di nomignoli, originati da uno dei due nomi: Metilde si chiese come chiamassero Dagnino in casa sua. Avrebbe davvero voluto saperlo… Ognuno di loro, con quel Maestro alla mano ma carismatico, sceglieva fra i numerosi diminutivi possibili, quello che gli era più simpatico, senza problemi. Comunque, il suo nome era quello che

ricorreva più spesso accanto ai soggetti che la interessavano e la ragazza lo trovò nella sala di cui il computer le aveva indicato numero e piano. Temendo di interrompere la lezione, Metilde entrò cercando di non far rumore. Nella sala, un gruppo di ragazzi e di ragazze stava guardando un filmato che arrivava dalla "Venus", la stazione orbitale che era appena stata rimessa in funzione e che presto sarebbe tornata a essere una prestigiosa clinica-albergo: gli ambienti a bassa gravità si erano rivelati molto utili, in passato, per curare e anche solo alleviare diversi problemi cardiologici e metabolici. Naturalmente, nell'Era 2000 si era trattato di un trattamento per pochi privilegiati, ma adesso la situazione era diversa: bisognava solo difendere gli impianti spaziali dagli assalti dei Retrogradi che potevano essere pericolosissimi. Non in tutto il mondo erano a livello subumano come sui loro bricchi.

Quando arrivò Metilde, i giovani erano in pausa dalle lezioni, e fissavano affascinati le immagini sul grande schermo. Si vedeva una squadra di robot, diretta da due tecnici spaziali, che stava lavorando sulla "Venus" al ripristino della gravità artificiale: doveva essere regolabile e poter eventualmente variare da reparto a reparto, secondo le necessità dei malati. Seduto vicino allo schermo, Dagnino ogni tanto interveniva per spiegare qualcosa anche in quel momento di pausa, ma per lo più scriveva sul suo Quaderno elettronico, preparando lo schema per la lezione successiva. Il rumore leggero che Metilde fece entrando, fu sufficiente per fargli alzare il viso. Esclamò sorridendo: «Finalmente, Metilde! Non ci speravo quasi più!». Si alzò dalla sedia, e tutti si girarono a guardare la ragazza. C'erano anche Toni e Steva, notò lei, e anche diversi altri giovani che conosceva. Nonostante avesse un bambino, ma senz'altro lo aveva lasciato con la nonna perché aveva paura per lui e non lo lasciava con nessun altro, c'era persino Marin-na, con suo fratello Zorzu: evidentemente, tutti erano interessati allo Spazio. Metilde sorrise contenta, e si unì al gruppetto. Alla fine, il Maestro si fece dare il suo Quaderno personale, per poterle scaricare degli appunti e un programma. Quando Metilde si avviò verso casa, dando il braccio a Steva e a Toni, si sentiva davvero soddisfatta della serata. E di sé stessa. Più del solito.

Era stranamente buio. Pareva che le luci della via non fossero ancora accese. Ste pensò, dubbioso: «A meno che non sia molto più presto di quanto non sembri... Però i lampioni dovrebbero seguire l'accentuarsi del buio, mica l'avanzare dell'ora!». Fu un attimo. Nessuno di loro tre pensava di poter essere aggredito. Non era mai successo da quando potevano ricordare: qualcuno o qualcosa afferrò Metilde per le caviglie, da dietro, e lei stramazzò a terra. Tutti loro praticavano arti marziali, come esercizio psicofisico. La ragazza riuscì a voltarsi di scatto, liberandosi. Dopo poco, fu tutto un groviglio di braccia e di gambe: Toni, Ste e Metilde si difendevano da un avversario che non si vedeva, ma di cui si sentiva l'odore, un odore ferino, di sporco e di pericolo. Molti fra i compagni di studio dei tre ragazzi, che erano usciti come loro da Balbi e si avviavano a spargersi per i carruggi, i vicoli della città, erano tornati indietro sentendo il trambusto. Da Balbi accorse anche Dagnino, che era appena uscito per andarsene a casa. L'adrenalina saliva alle nari di tutti, risvegliando fantasmi di epoche violente che parevano dimenticate. Dopo qualche momento però, un urlo di dolore improvviso lacerò il silenzio della notte: fra quelle ombre scure che si contorcevano nella lotta, si era inserito di colpo qualcos'altro, qualcosa su due zampe, ma alto almeno due metri. Le sue zanne brillavano alla luce della luna. Era pronto a uccidere. Un ragazzo gridò in tono accorato: «Brutus! No!» e, a quel grido, l'enorme Lupo richiuse le zanne con un colpo secco. Ricadde sulle quattro zampe, e fu di nuovo "solo" un metro abbondante al garrese. Come per protesta, il ringhio dalla sua gola si accentuò, poi un ululato agghiacciante si levò verso la luna, e il Lupo posò una zampa, quasi con rabbia, sul petto macilento del tizio scarmigliato e seminudo che aveva abbattuto: un Retrogrado. Il giovane adesso sanguinava anche dal torace, e da una gamba. Aveva l'espressione terrorizzata. I suoi tre compagni invece erano stati bloccati dai ragazzi e dal Maestro, che era un esperto judoka. Naturalmente, erano stati i Retrogradi a infrangere i lampioni, con una fionda, per garantirsi la sorpresa del buio. Il colpo che aveva sorpreso Metilde quando l'avevano aggredita e fatta cadere, la faceva zoppicare, e Marin-na l'accompagnò al Primo Soccorso insieme a Dagnino, che la sorreggeva con precauzione. China sull'amica infortunata, la ragazza aveva l'espressione feroce. Abbracciandola, esclamò: «Animali, te l'ho detto, sono animali!», ma Metilde scosse il capo, in silenzio. Per bloccarli, i ragazzi avevano legato i polsi dei tre Retrogradi con del nastro adesivo che Toni era corso a prendere a Balbi. Avevano deciso di portarli a Palazzo San Giorgio: non sapevano cosa farne, di quei tizi, che vivevano sui bricchi ed erano tanto incivili che non avrebbero certo rispettato l'ostracismo cui la città li avrebbe condannati per la loro aggressione. Brutus restò vicino al ferito, col suo amico umano, e ogni tanto ringhiava piano guardando il Retrogrado terrorizzato, mentre aspettavano l'arrivo dei volontari al Primo Soccorso che si erano resi disponibili quel mese, e che Dagnino aveva allertato col proprio Quaderno: pochi com'erano, i cittadini erano tutti ben addestrati, e svolgevano quel servizio sociale a turno.

Quando i ragazzi e i loro prigionieri entrarono nella grande Sala delle Compere, tutti coloro che erano presenti in quel momento a Palazzo San Giorgio li stavano aspettando. Il silenzio era perfetto e, per i selvaggi, incredibilmente inquietante. Il Doge parlò in tono incredulo: «Si può sapere cosa credevate di fare?». Non ricordava che nessuno di loro fosse mai stato aggredito: solo a volte c'erano, nei vicoli, sciocche lotte fra ragazzini, galletti troppo baldanzosi che la gente, entro certi limiti, tollerava. Sopportava persino che qualcuno di loro potesse prendersi quel che gli serviva, "dimenticandosi" che doveva dare in cambio dei genovini, e onorarli: i giovani imparavano piano piano che non c'era convenienza a trasgredire certe regole condivise, perché il buon funzionamento della città era un bisogno di tutti. Ognuno dei presenti guardava i prigionieri aspettando una risposta e, dopo qualche attimo, uno dei giovani Retrogradi alzò il viso e parlò in tono stanco. Aveva gli occhi gialli, gonfi. Colavano di pus. «Ci avete preso i bambini, persino quelli malati. Ci servono ragazze» disse in tono stanco.
«Vi … servono?! Ma non siamo mica delle cose, noi ragazze!» protestò Cômba, Colomba (leggi "Cun-ba"), una delle migliori karateka della città. Era offesa, e avrebbe continuato a protestare, ma un medico che era presente la interruppe, esclamando in tono preoccupato: «Ma… Tu sei malato, ragazzo! Fatti vedere!». Quello diede in un grido inarticolato e fece per scostarsi, terrorizzato. Lo trattennero. Il medico gli mise dita leggere sul viso, e guardò negli occhi del ragazzo abbassandogli le palpebre inferiori: «Dovrei fare degli esami accurati. Credo che il tuo fegato sia piuttosto in disordine, ragazzo mio! Cosa mangi, normalmente?». Gli occhi dell'altro brillavano di febbre: «Certo non le cose avvelenate che ci mandate voi!». Il medico lo guardò, sorpreso: «Avvelenate?!» esclamò. L'altro alzò stancamente le spalle. Rispose in tono amaro: «Voi avvelenate

tutto. La terra, l'acqua, il cibo… Date porcherie agli animali. Fate cibare le mucche di loro stesse!». L'ultima frase era stata un urlo rauco, e la violenza nella voce del ragazzo fu tale da farlo barcollare di debolezza. In giro, la gente strabuzzava gli occhi. Tutti si guardarono l'un l'altro, molto perplessi: far cibare le mucche di…? La Maestra invece, che era appena arrivata e aveva sentito, fece una smorfia, poi si rivolse ai Retrogradi scuotendo il capo: «Ragazzi, la "mucca pazza" non esiste più da secoli. Ne avete fatto un mito, ma è storia vecchia» «Non è vero! E tu la verità non sai nemmeno cosa sia, se sei l'Antica!» «Forse so cosa sia la verità, o almeno una piccola parte di verità storica, proprio perché sono Antica davvero, e mi ricordo… Avete sentito che aria di mare c'è fuori? Pulita, buona. Non siamo più "al tempo della Terra maltrattata", come chiamate la mia Era». Il ragazzo ebbe un singhiozzo doloroso. Poi si accanì: «Non è vero, strega! Usate l'atomica!». La Maestra scosse il capo: «Nessuno vive d'aria. Neanche voi. Che fine hanno fatto colombi e passerotti? Ve li siete mangiati. Tutti» «Non volevamo uccidere le creature dell'Unico! Abbiamo provato a coltivare, ma…». La Maestra tirò su con le spalle. Fece un gesto espressivo con le mani, esclamando: «Sì, sui nostri bricchi aridi e rocciosi, e coi vostri sistemi di coltivazione! Questo per dire quanto ne capite, di terra! Non potevate farcela» «E allora, se avete distrutto tutto e non si può più vivere, tanto vale morire tutti, strega malefica!». Il giovane ebbe come una specie di rantolo, poi si gettò contro di lei. La Maestra si spostò appena e quello stramazzò a terra, con la bava alla bocca. Disse il medico, in tono preoccupato: «Bisogna portarli subito all'ospedale. In isolamento. E già che ci siamo, venite a controllarvi, tutti. Non so cos'abbiano questi, oltre al fegato rovinato».

Quella sera, i ragazzi a Balbi erano particolarmente silenziosi. Con loro, c'erano diversi Maestri. E c'era anche lei, l'Antica. Come parlando a sé stessa, la donna mormorò: «Un sogno. L'utopia di Arcadia, con pastori-filosofi che bevono il latte delle capre, e belve che mangiano nel palmo della loro mano. Shangri-La, il Paradiso Terrestre… E non funziona. Anche l'insalata teme il coltello e soffre quando viene tagliata, ma noi siamo consumatori secondari, e non possiamo assorbire sali minerali sciolti nel terreno, e neppure creare energia con la fotosintesi. Dobbiamo nutrirci di altri esseri viventi, animali o piante che siano. E siamo fragili e indifesi, senza le capacità del nostro cervello». Zorzu intervenne, e il suo tono era rivendicativo: non avrebbe mai perdonato ai Retrogradi quello che avevano fatto a sua sorella. E l'aggressione all'amica aveva finito per esasperarlo del tutto. Disse, con violenza: «Ma noi la rispettiamo, la Terra! Non è mai stata pulita come adesso! E comunque ogni essere vivente ha il diritto di adattarla a sé, dai castori a… al picchio! A meno che non si preferisca il suicidio razziale!». La Maestra lo guardò sorridendogli, e il suo sorriso pareva una carezza, come la voce con cui gli parlò: «Sì, caro, ma solo adesso noi abbiamo consapevolezza della "rete" di connessione fra i viventi, e ne studiamo le più piccole maglie… Per questo possiamo rispettarla. È vero che gli Uomini han fatto danni enormi, in passato, ma non alla Terra, come dicevano, la Terra che è immensa e si riprende sempre, o prima o poi, e magari però lo fa trovando un nuovo equilibrio che a noi è completamente estraneo! No, è alla "propria" Terra che gli uomini hanno fatto danno, capite? Alla *"Terre des Hommes"*, come scriveva Saint Exupéry. Alla Terra dei Uomini, dei Mammiferi. Siamo animali complessi e fragili, il più piccolo cambiamento dell'ambiente potrebbe esserci fatale». Tutti i ragazzi ascoltavano in silenzio. Erano sconvolti dal problema dei Retrogradi, e si sentivano anche colpevoli, in qualche modo, benché non sapessero neppure perché. Va be'! Avevano portato giù i bambini e le loro giovanissime mamme, meno una o due in tutto che avevano voluto rimanere sui bricchi coi loro compagni, ma le altre li avevano seguiti volentieri. Quelli non avevano più un futuro, come popolo, ma non lo avrebbero avuto, un futuro, neppure vivendo come vivevano loro, e in un gruppo così sparuto. Non sui loro bricchi, a ogni modo. Non rifiutando ogni forma di tecnologia. Il *"cri du chat"* sarebbe risuonato ancora e ancora, e in quelle lande aride sarebbero nate altre strane creature, ballonzolanti e sterili. Fino alla Fine.

Steva e Toni erano andati a trovare la Maestra: cosa insolita, da quando non erano più bambini. La presero alla larga, girando intorno all'argomento, finché lei non si spazientì. Parafrasando consapevolmente "santa Susan Calvin", disse: «Ohé, ragazzi! Non avevo tempo da perdere quando avevo cinquant'anni, e ancor meno ne ho adesso! E allora? Avete scelto un campo di attività diverso uno dall'altro, è così?». Alle sue parole, Toni sussultò: «Come fa a saperlo? Chi gli e l'ha detto? Questo qui! È una cosa assurda! Nello Spazio non ci vuol venire, tanto per cominciare! Ci aiuta nei calcoli per le filze, ma poi passa tutto il tempo coi suoi Lupi!» «I Lupi sono incredibili, Maestra! Ma pensi che alleati meravigliosi sarebbero per gli uomini, se potessero comunicare con noi in modo più funzionale! Non sono neanche più lupi, sono… Lupi!». Ste era insorto animatamente, e la Maestra sbuffò aprendo le mani: «Calma, ragazzi, calma. E cosa sono le filze, tanto per cominciare a capirci?». Toni le rispose: «È un'idea di Metilde! Dice che, passando da una parte all'altra dello spazio… diciamo arricciandolo, le distanze fra le stelle in pratica spariscono! E chiama filze queste rotte… Il nome ha a che fare con qualche punto di cucito, credo…». La Maestra sorrise: «Il punto-filza, sì! Buona idea. Se ne parlava già ai miei tempi, di questo possibile modo di viaggiare… Ci siete vicini?» «Se ci siamo vicini? Maestra, ormai ci siamo! Dagnino è un vero genio. E anche Metilde, probabilmente... Non ci sono più dubbi, e io farò parte dell'equipaggio della prima nave-ago! Ed ero sicuro che sarebbe venuto anche Ste. Mi sembrava così logico…E invece non sarà lì con me…dopo una vita insieme …». La Maestra sorrise e guardò senza parlare Steva che aveva chinato il capo. Poi si voltò verso Toni, che aveva incrociato le braccia e abbassato la testa anche lui, imbronciato come un bambino. Rise appena: «Credi che i tuoi amici, e specialmente Steva, possano avere così poca memoria da dimenticarsi di te, durante il tuo viaggio? Perché con le vostre filze sarai di ritorno che per noi sarà passato più o meno il tempo che è passato per te, no?» «Sì, ma… Ste non dovrebbe lasciarmi così! È la prima volta!» esclamò il ragazzo, e Steva protestò, in tono offeso: «Ma va'! Sei tu che lasci me, per andartene nello Spazio! E io sarò ancora qui, quando ti deciderai a tornare a casa…» Con una voce più sommessa, il ragazzo terminò bofonchiando: «E poi, comunque, tu partirai con Metilde…dovresti già essere contento così!». La Maestra intervenne: Ste aveva tirato in ballo Metilde, e adesso quei due minacciavano di litigare, e per niente. Chiese: «Hai detto che volevi parlarmi, Ste? Adesso ho tempo. Resti anche tu, Toni?». Il ragazzo si alzò, dicendo: «Devo andare! Dagnino ci ha riuniti tutti, tutti quelli che vogliono far parte dell'equipaggio. Speravo di portargli anche Ste, e invece lui vuol restare qui, come Marin-na che ha un bambino piccolo, e Zorzu che non vuol lasciare sole lei e sua madre!». Il tono della Maestra si fece molto deciso: «Adesso basta, Toni. Ognuno fa le proprie scelte. Ste ha interessi diversi dai tuoi». La tensione abbandonò di colpo le membra del ragazzo che sorrise appena, chinando il capo come un bimbo che debba farsi perdonare qualcosa. Poi si buttò fra le braccia dell'amico: «Lo sapevo, razza di bestia! Ci speravo lo stesso, ma lo sapevo. Ci assomigli persino, ai tuoi Lupi, ormai!». Si drizzò, e diede a Ste un amichevole pugno sulla spalla. Lo salutò: «Ciao, bestia. Aspettami. E buonasera anche a lei, Maestra. Non mi dimentichi, la prego». Lei gli rispose con un piccolo riso: «Non sono ancora così rimbambita, ragazzaccio!». Toni le si avvicinò e si abbandonò al suo abbraccio. Anche Ste sorrise. Cercando di nascondere la commozione, disse all'amico: «Ciao, allora, Piccolo Sarto Coraggioso. Arrivederci!». E Toni rise, con un certo sollievo: lui e Ste avevano troppi ricordi di momenti in comune, per perdersi. Capiva bene che l'amico si stava riferendo a una fiaba dei Grimm che la Maestra aveva raccontato loro quando erano piccoli, e rispose a tono: «Sì, io sono l'Ammazzasette!» disse. Rise ancora e uscì, salutando con la mano.

Ste si accomodò meglio sulla poltrona. Gli piacevano quei mobili così stranamente avveniristici, per la loro epoca. Erano un regalo che la gente aveva deciso di fare alla Maestra, nello stile che usava quando era giovane lei, puro anni '70. Del XX secolo, naturalmente. Dopo qualche momento, il ragazzo alzò il viso sulla Maestra. Disse: «Toni è un testone, ma è vero che non ci siamo mai lasciati, prima. E lui finirà per mettersi con Metilde, fra qualche anno!». Lei sorrise, rispondendo: «Sei sicuro? Io no. E comunque, cosa volevi?» «Consigli, Maestra. Come sempre!» «Sui Lupi? Tu li conosci molto più di me. Parlamene tu, invece» «Non sui Lupi… Sull'imparare, piuttosto. I Lupi non possono parlare. È un dato di fatto» «Certo. Sono fisicamente inadatti a farlo» «Però hanno una civiltà sempre più complessa, e comunicano fra loro anche su argomenti complessi» «Sì. Credo proprio di sì» «Vorrei tanto capire come fanno! E loro capiscono noi molto più di quanto noi non capiamo loro. Siamo noi, ad avere l'handicap! A volte Khan viene matto a cercare di farmi capire qualcosa. D'accordo che lui è un Lupo particolarmente intelligente, però... Non succede così, con gli animali» «Difficilmente succede, sì, perché per lo più devono comunicare concetti semplici...». Ste fece segno di sì con la testa, soddisfatto. «Proprio questo, volevo dire! Lei ha insegnato anche a persone mute?» chiese. «Sì, tanti anni fa, ma non mi sembra che i Lupi possano articolare le zampe come noi le mani, per usare il linguaggio dei segni dei sordomuti, o per scrivere. Non conosco abbastanza i Lupi, non posso darti consigli specifici, però è da ciò che una creatura ha che devi partire, non da quello che gli manca e che non gli puoi dare. Non possono parlare come noi, d'accordo, e non hanno la nostra capacità di compiere movimenti piccoli con le mani, va bene, ma "cosa" hanno? Il senso cromatico, l'olfatto, il tatto, il senso termico? Qualche inumano senso dello spazio, delle dimensioni, del tempo? Una certa mimica complessa, come quella dell'ape esploratrice? "Sentono" i campi magnetici terrestri, come i cetacei? Hanno empatia, telepatia, teletrasporto? Bisogna conoscerli bene, per capire come comunicare con loro nel modo più funzionale possibile» «Capisco... Ci rifletterò, Maestra». Ste si alzò per accomiatarsi, e la Maestra si alzò con lui. Sulla porta però lo fermò, mettendogli una mano sul braccio. Parlò al ragazzo in tono molto serio: «Aspetta, Ste. Se pensi che Khan sia così intelligente, non metterti a studiarlo come se fosse un animale. Cerca di fargli capire cosa vorresti fare e vedi se, e come, collabora con te in questa ricerca. Se è davvero tanto in gamba, magari lo fa perfino volentieri, e non solo per amor tuo. E imparerai molto di più con lui che da lui». Ste sorrise. Gli piaceva, quel discorso. Aveva giocato tanto con Khan quando il Lupo era solo un cucciolotto che l'aveva preso in simpatia e andava a cercarlo quasi tutti i giorni, per giocare con lui! Gli voleva bene quasi come a Toni. Allargò le braccia. Chiese: «Posso abbracciarla, Maestra?». Lei rise: «Lo credo bene, ragazzaccio!». Lo abbracciò. Steva era uno dei "suoi" bambini. Sperava solo che quegli altri venissero a salutarla, prima di lanciarsi nello Spazio.

Non era passato un anno, che la gente era tutta all'Astroporto, a salutare i ragazzi che partivano. La loro speranza. Il loro futuro. Erano in dieci, cinque ragazze e cinque ragazzi. "Un bel salasso, per una città così piccola, se non dovessero tornare" pensò Nora, guardandoli con un brivido. Mentre essi salivano a uno a uno sul grande ascensore che doveva portarli sulla nave-ago che scintillava nel sole, Ste pensava a qualcosa di molto simile. Sperò con tutte le proprie forze di rivederli. Si trovò a ripetere fra sé i loro nomi, in una litania che sembrava un incantesimo che avrebbe dovuto calmare l'agitazione nel suo petto: Metilde, Cômba e Catàina. Nilde, Pierin-na e Giuan. Carlin, Maìn e Gustu. Erano i suoi amici d'infanzia, di giochi e di lotte sulla sabbia, di nuotate e di esplorazioni sottomarine, di gare di optimist … E poi c'era Toni. Quasi un altro sé stesso. Suo fratello. Deglutì: gli mancavano già, tutti. Si sarebbe sentito solo. Meno male che c'era Khan. Il Lupo lo guardò proprio in quel momento, poi lo abbracciò delicatamente, da dietro, appoggiando il muso sopra la sua testa. Anche lui gli voleva bene, pensava quella creatura. E molto. Era il "suo" umano. Il Lupo chiuse un attimo gli occhi, per il piacere di quella vicinanza. Il suo amico stava soffrendo per quell'altro amico suo, Toni, ma lui era sicuro che il suo affetto lo avrebbe consolato. E poi, avrebbero lavorato insieme. Lui non credeva che tutti gli uomini sarebbero andati via, e comunque non subito. Magari loro due sarebbero riusciti a essere amici per tutta la vita. Sapeva che anche Brutus la pensava così, e probabilmente era lo stesso per tutti i Lupi che erano stati "addomesticati" da un umano. Anzi, a lui piaceva quella parola che aveva imparato da un vecchio libro che gli aveva letto Ste tenendolo in braccio, quando era piccolo: *apprivoisé*. Là, erano una volpe e un bambino, e la volpe non era affatto una volpe domestica, che voleva dire qualcosa come: "di casa", secondo Ste. Semplicemente, nel libro si diceva che col bambino la volpe aveva "creato dei legami", proprio come i Lupi con gli uomini. Ed era anche quello che era successo coi Delfini, ormai tanto evoluti collaborare spontaneamente con gli uomini alla realizzazione di fattorie sottomarine che, in sostanza, sarebbero state utili a tutti i cittadini, che avessero le gambe, le zampe o la coda. *Apprivoisé!* Che bel termine. Gli piaceva.

La presenza di Khan all'astroporto non stupiva nessuno. Mischiati alla folla c'erano diversi Lupi, con o senza un umano vicino. "Ci vuole solo un po' di pazienza" stavano pensando molte di quelle creature "Gli uomini possono anche essere amabili e in genere lo sono, ma è giusto che questa sia la nostra Terra: non abbiamo bisogno di tanti aggeggi, noi, né di case, e il Pianeta potrà finalmente *quetare*, come dicono i genovesi".

Divisi fra l'esaltazione e il timore, tutti assistettero alla partenza dei loro ragazzi in preda a sentimenti contraddittori. Quando l'astronave non fu più altro che un puntolino sperso nel cielo sopra di loro, Khan cercò di distrarre l'amico proponendogli una corsa, col gesto che era loro abituale, poi lo spinse leggermente, con delicatezza, quasi obbligandolo a correre. E infine Steva corse. Non sapeva quando mai avesse corso così, in vita sua. Dei due, era stato Toni, l'atleta. Ste correva via dall'astroporto e dalle lacrime che gli annebbiavano la vista. Finì per inciampare, ma non cadde. Si sentì afferrato e sollevato da terra, e alla fine si trovò appollaiato in cima al "mondo", uno dei giochi per bambini sistemati poco lontano. Non poté fare a meno di ridere. "Rideva" anche Khan, latrando con la lingua di fuori, e si batteva le zampe sulle cosce, saltellando per mostrare il proprio divertimento. Come tante volte, Ste pensò che i Lupi non parlavano perché non ne avevano bisogno. Ma come comunicavano certi contenuti anche complessi, che una vita sempre più complessa imponeva loro?

La gente era tornata in città. Bisognava discutere dei Retrogradi. C'era chi, come Zorzu, diceva che non era "giusto" continuare a nutrirli e a mantenerli: erano come dei ratti, e pericolosi anche. Si potevano anche eliminare in modo indolore, volendo.

Sui bricchi, l'Anziano soffriva, ma non si rassegnava. Non poteva. Ne andava della sopravvivenza della sua gente. Guardava il cielo, avvolto nello straccio che gli faceva da mantello. Le stelle erano fredde, lassù. Il mondo era vuoto. Non c'erano più bambini. Anche se l'ultima ragazza ne aspettava uno, non era detto che fosse normale. Qualche speranza che lo fosse c'era, naturalmente. C'era la possibilità. Perché lei non lo sapeva, ma non era nata fra le loro bambine: lei, era stata "una del mare". E allora il suo bambino avrebbe dato a tutti la voglia di ricominciare a lottare. Avrebbero di nuovo preso ragazzine e bambine, per dare sangue nuovo alla loro gente. E ancora sarebbero stati forti, e sarebbero scesi dai "bricchi", e avrebbero conquistato la costa. L'avrebbero ripulita. I giovani avevano ragione. Non si poteva andare avanti così. Più fiducioso, l'Anziano finalmente si addormentò.

A Palazzo San Giorgio intanto, la riunione si era conclusa senza niente di fatto: i cittadini avrebbero continuato a mantenerli, quelli dei bricchi, nonostante che la voce di Zorzu non fosse rimasta proprio isolata.

I due amici, il Lupo e l'umano, erano in quello che Steva chiamava "il nostro laboratorio". Il loro progetto (perché Khan vi collaborava attivamente, come aveva previsto la Maestra) aveva destato l'interesse della comunità ed erano stati messi a loro disposizione crediti e ambienti attrezzati, nel piano seminterrato di uno dei palazzi di Balbi. Nel grande ambiente illuminato solo dalla luce artificiale e, in alto, vicino al soffitto, da due o tre "bocche di lupo" che davano in un cavedio, Khan si avvicinò a un aggeggio stranamente assemblato. "Il tuo Frankenstein" lo chiamava Steva, con un misto di interesse e di scetticismo. In effetti, l'oggetto era fatto per lo più di tessuti animali e vegetali di dubbia provenienza, anche se, in qualche modo, riusciva ad avere comunque l'aria di una specie di macchina. Era un suo progetto personale che Khan non era ancora riuscito a spiegare a Ste, che lo assecondava come poteva. Si trattava di un guazzabuglio di peli intrecciati, di membrane di tessuto organico e persino di steli di "dente di leone", come tubi vuoti. L'unico elemento riconoscibile, "normale", era uno schermo. Cosa dovesse mostrare però, non lo aveva ancora capito nessuno. Khan aveva coinvolto Brutus che era suo fratello e, a sua volta, questi aveva coinvolto Matè, il suo amico umano. Quel giorno, Khan voleva fare un esperimento con Brutus. Si trattava di mostrare agli umani qualcosa di particolare: questo lo aveva capito anche Ste. Si sedettero sul pavimento, tutti e quattro. "Qualcosa" accadde, ma non si riuscì a individuare cosa. Eppure, era stato tutto tanto semplice che Steva non era neanche sicuro che "qualcosa" fosse successo davvero. Khan aveva guardato Brutus, e questi era uscito nel corridoio, tornando con una bottiglietta d'acqua. Il fratello l'aveva accettata con un leggero brontolio di gola, aveva fatto saltare il tappo con un canino e aveva bevuto. La comunicazione fra loro era avvenuta a un qualche livello astratto, oppure Brutus aveva semplicemente capito che suo fratello aveva sete? Magari era stato solo un avvenimento casuale, Khan aveva sete e questo non c'entrava niente con l'esperimento. Poteva essere! Allora, l'esperimento doveva ancora incominciare? Steva e Matè si guardarono, scoraggiati. Il latrato di divertimento dei due Lupi li distrasse. Li guardavano, tutti e due, con un'espressione che, in qualche modo, sembrava derisoria. Poi, Khan si alzò. Oscurò la stanza facendo scorrere pesanti schermi neri sulle finestrelle, e spense le lampade. Accese le luci a infrarossi e l'ambiente parve quasi illuminarsi di tutte le sfumature del nero: la mente umana non riusciva a concepire l'assenza del colore. Questa volta, fu Brutus a guardare il fratello, e qualcosa passò fra loro. Khan si alzò e gli andò vicino, poi posò la testa contro quella di Brutus. Steva e Matè restarono un attimo col fiato sospeso: e adesso? Adesso niente. Accadde quello che era già successo, solo che fu Khan a uscire per prendere una bottiglia d'acqua a Brutus. Cos'era accaduto? Si chiedevano i due ragazzi, mentre Khan riapriva le finestrelle. E, prima di tutto, era davvero accaduto qualcosa? Si misero a discuterne, mentre i loro amici sembrava che, con tutta la loro mole, ruzzassero fra loro come cuccioli. Steva li guardò un lungo momento, sempre più perplesso e scoraggiato, poi, siccome i due Lupi sembravano ignorarlo, si avvicinò al "Frankenstein" di Khan. Lo osservò con attenzione. C'era un'appendice d'osso che sporgeva come una leva e, delicatamente, il ragazzo la toccò, curioso. "È fragile" pensò "Attenzione". Gli ci volle qualche secondo per capire che il pensiero non veniva dalla sua testa, ma da qualche altra parte al di fuori di lui. I due Lupi avevano smesso di giocare, e lo guardavano. Con la mano immobilizzata su quello strano oggetto, Ste guardò Khan: «Sei stato tu?» sussurrò. La voce che sembrava dentro di lui ma non lo era, rispose: «È faticoso anche così, non si può sempre». Poi Khan appoggiò per terra il testone. Suo fratello gli leccò il muso. Steva si avvicinò e cinse con le braccia il grosso collo.

Gli esperimenti continuarono, "con calma", come aveva detto Steva, per non portare allo sfinimento i due Lupi. Per gli Umani, la cosa più affascinante di quello studio erano i "flash", come li chiamava Matè. Il mondo che appariva sullo schermo somigliava a quello cui erano abituati anche loro, ma non troppo. Era meno luminoso, prima di tutto. La doppia membrana che riparava gli occhi dei Lupi faceva vedere loro una Terra crepuscolare, avvolta da un alone rossastro che partiva dal basso, e illuminava appena quel mondo che sembrava alieno. I colori erano di diverse tonalità più scuri di quelli che gli uomini erano abituati a vedere. Il senso termico poi, la capacità di "vedere" al buio l'alone di calore degli esseri viventi, rendeva gli esseri viventi brillanti come piccoli soli, e la loro immagine non era netta, precisa. Non importava: i Lupi notavano cose cui gli Umani non avevano mai neanche pensato, e le creature erano ben riconoscibili una dall'altra, perché erano diverse fra loro in qualcosa di molto più unico della forma di un naso: "l'alone termico" cambiava da individuo a individuo, ed esistevano sfumature comuni e identificative in tutti gli esseri viventi che appartenevano alla stessa razza, e addirittura alla stessa famiglia.

Qualche tempo dopo, Ste provò a verbalizzare con Matè quello che avevano scoperto: doveva mandare un rapporto al Consiglio. Sfogliando i propri appunti, cominciò: «Allora, vediamo… Non esiste nessuno che non si sia mai chiesto se il proprio animale domestico non gli avesse letto nel pensiero. Solo che noi abbiamo capito che occorre troppa energia per farlo, e che un contatto così faticoso può essere solo sporadico, casuale, soprattutto su base emozionale, quando la spinta dell'amore o dell'odio è più forte di qualsiasi altra cosa. Il "Frankenstein" di Khan amplifica quei segnali in modo che ci possano arrivare con maggior facilità, ma non può farlo più che tanto. Inoltre, noi possono usare coi Lupi soprattutto il canale verbale, che per loro però è il più lento da capire, e il meno preciso… Tra l'altro, i Lupi non possono parlare… Loro hanno un linguaggio che non è solo telepatico, è un insieme di tutti i linguaggi di cui mi aveva parlato la Maestra: posturale, mimico, empatico. Come tutti gli esseri viventi, uomini e animali, si servono anche del tono e del livello energetico della voce, e di una certa espressività del corpo e del muso. L'ape riesce a comunicare alle compagne dove sia un campo ricco di fiori con una specie di danza; i merli sanno dirti se arriva un cacciatore o un uomo qualsiasi, anche armato di bastone o di fucile, distinguendo i due strumenti fra loro; i cetacei si orientano col campo magnetico terrestre; i richiami dell'oca selvatica mamma sono tanto individualizzati che un nidiaceo riconosce quelli di chi ha covato il suo uovo: la comunicazione dei Lupi ce l'ha tutte, queste possibilità. Coi raggi termici "vedono" senza luce, come il serpente, anche se hanno bisogno del contatto fisico perché il messaggio mentale dell'altro diventi pienamente intellegibile, nel buio, e non sia un semplice richiamo. I loro sensi, dall'udito alla vista al tatto all' odorato al gusto, sono complessi e raffinati. Hanno addirittura una specie di "trasmettitore mentale" capace di inviare agli altri delle immagini, con tutte le informazioni che l'emittente ha colto, anche di odori o di suoni. In un lampo, capisci? Un flash, come dici tu. Abbiamo visto, sullo schermo, le immagini del porto. Le abbiamo registrate. Pare che queste capacità, magari in misura minima, le abbiano tutti gli animali, noi compresi, anche se forse nessuno arriva al livello dei Lupi. Il vivere vicino a noi, poi, ha raffinato i loro bisogni, e quindi la loro comunicazione e la loro intelligenza...». Matè fece una smorfia, prima di rispondere: «Si, va be', però, se non si può aumentare la potenza del... sì, dell'amplificatore di Khan, e diminuirne la fragilità e l'ingombro, a livello pratico non potremo sfruttarlo molto». Ste sospirò: «Lo so... Per la fragilità qualcosa si può fare, perché le nostre mani hanno capacità che le zampe non hanno, e abbiamo materiali che sono praticamente equivalenti, come proprietà, ma certamente sono più robusti. La cosa grave però è che un Lupo si indebolisce troppo, a usare quell'apparecchio, maledetta la nostra "testaccia" dura! Potremmo servircene, e con calma, per elaborare coi Lupi un codice di comunicazione... E poi usare quello, nella vita di tutti i giorni. Credo sia l'unica cosa intelligente da fare». Matè annuì: «Sono d'accordo. Però è davvero magnifico riuscire a parlare con Brutus!». Steva gli sorrise: «A chi lo dici! È grandioso! Sai cosa pensavo? Toni, Giuan, Metilde, Cômba... I nostri amici nello spazio hanno la loro dose di avvenimenti curiosi e di misteri, ma siamo noi a essere in contatto con degli alieni, affascinanti come tutti gli alieni...» «Ma non altrettanto pericolosi!» rise Matè. Ste fece una piccola smorfia: «Non lo so, in realtà. Certo, non sono pericolosi i Lupi *"apprivoisé"*, come li chiama Khan».

La nave-ago l'avevano battezzata "Giovanni Keplero" in onore del famoso astronomo che aveva "latinizzato" il proprio cognome, e anche del telescopio per la ricerca di mondi abitabili che, insieme ad altri "fratelli" ancora "muti", era da tanti anni in orbita a fare il proprio dovere (ma il cui nome i suoi discendenti non avevano latinizzato: "Kepler"). Era una decina d'anni che gli studiosi e i tecnici avevano ripristinato i contatti col prezioso strumento, e la decifrazione della mole di dati che esso aveva subito riversato avrebbe tenuti impegnati gli astronomi terrestri per molto tempo.
La vita nella nave scorreva ordinata, mentre il Computer tracciava la rotta con le sue "filze". Poi "tirava il filo", e come per miracolo i punti lontani arrivavano a combaciare. I ragazzi erano delle cavie, ma lo sapevano, e lo accettavano come inevitabile, tanto erano convinti della necessità della loro missione. Per la loro percezione soggettiva, si trattava di raggiungere tappe molto vicine fra loro nel tempo, e nello spazio apparente. Il loro viaggio avveniva in quella che era definita "zona abitabile della Galassia", cioè la zona in cui l'esistenza di acqua

allo stato liquido e di pianeti rocciosi faceva pensare possibile una vita di tipo terrestre. A loro non interessava, per il momento, accertare l'esistenza di forme di vita alternative, basate ad esempio su atmosfere al metano o su scheletri di boro-silicio. No: a loro interessava una seconda Terra su cui gli uomini potessero trasferirsi ricominciando da capo, con più conoscenze e quindi più consapevolezza, rispetto a quello che avevano saputo fare con il loro vecchio pianeta: volevano avere una seconda possibilità.

Il 7 gennaio 2013 d. C, gli astronomi della Missione Keplero (iniziata qualche anno prima, nel 1999) avevano annunciato la scoperta di un pianeta di dimensioni molto simili a quelle della Terra, in orbita nella zona abitabile che era intorno ad una stella simile al Sole. Era stato il primo di molti, ma quello… La sua sigla era Kepler- 69 C, ma era conosciuto anche come KOI-172.02. Per la somiglianza con la parola KO, che in giapponese poteva significare "figlio", Cômba aveva preferito questo nome all'altro, che lo rendeva troppo simile a quello della loro nave. Quindi, secondo lei, anziché KOI, il nome avrebbe potuto essere KO1: il primo "figlio" di madre Terra. Tutti avevano approvato sorridendo.

La Guida dell'equipaggio terrestre, il loro Maestro Giobatta Dagnino, GB, era un giovane adulto, aveva poco più di trent'anni, e la sua forma fisica era perfetta come quella dei ragazzi che gli avevano affidato. Il suo compito era anche quello di supervisionare e controllare i rapporti che si intrecciavano tra quei ragazzi poco più che adolescenti, gettati in una situazione assolutamente nuova. Erano persone civili, colte, non inclini alla violenza e amici fin dalla prima infanzia, ma l'ambiente in cui dovevano muoversi era anormale come la vita che dovevano condurre, e gli studiosi temevano che anche le loro reazioni potessero essere anormali: l'uomo in realtà teme le novità. Allo stesso modo, gli scienziati del XX secolo avevano avuto paura dell'effetto dei raggi cosmici sulle cellule riproduttive, quando avevano mandato nello Spazio la prima astronauta donna, Valentina Tereshkova. "Quando sei nello spazio puoi apprezzare quanto piccola e fragile sia la Terra", aveva detto lei al suo ritorno. Lo aveva raccontato la Maestra e ai ragazzi sembrava impossibile che potesse essere così vero, mentre guardavano la luminosa e bellissima palla verdeazzurra che sembrava allontanarsi nello Spazio. «Ha il colore degli occhi di Atena» aveva mormorato Metilde.

Sulla "Keplero" esistevano solo cabine individuali, e non erano previste "intrusioni". Dall' una all'altra variavano solo i colori degli arredi, scelti secondo il proprio gusto personale dal ragazzo che l'occupava: dopo tutto, la nave era unica e fatta apposta per quel preciso equipaggio, e i colori preferiti contribuivano a farli sentire tutti a proprio agio. Era incominciata però la costruzione di una seconda nave, e nessuno lo diceva, ma tutti lo sapevano: in caso di necessità, essa avrebbe potuto funzionare da "nave di soccorso". Le cabine occupavano un intero piano della nave-ago, sopra al Piano-Palestra, che era il più basso, sopra il vano-motori. Su una piccola mensola, in ognuna di esse c'era anche il posto per qualche oggettino personale, scelto seguendo rigorosi criteri di peso, quasi un "cordone ombelicale" che collegava quei giovanissimi ragazzi alla loro casa. Toni aveva portato con sé una foto che lo ritraeva, bambino, con ambedue i genitori. In un'altra foto c'erano lui e Ste durante una gara di pesca. E poi c'era anche un piccolo aereo, uno dei suoi primi giocattoli, un regalo di suo padre. Entrando nella cabina per la prima volta, il ragazzo aveva dapprima guardato con un certo scetticismo l'insolita forma ergonomica del letto, ma presto si era accorto che era comodissimo. Non aveva neanche bisogno di lenzuola, e la sua superficie era disinfettata con tutta la cabina: naturalmente, la temperatura dell'ambiente era controllata e una volta al giorno, di solito fissa e segnalata su un pannello dietro la porta (ma poteva anche essere variata se il suo occupante lo richiedeva al computer tramite la propria consolle personale) un aspiratore-diffusore si attivava nel soffitto: aspirava quel poco di polvere che potevano produrre i loro corpi, ed emanava vapori disinfettanti. Un meccanismo di controllo faceva sì che non potesse essere azionato, se nella cabina c'era qualcuno che generava calore. Toni aveva visto con stupore ben tre armadi, anche se piccoli, ma scoprì presto che erano diversi fra loro come lo erano i colori che li distinguevano: quello rosso conteneva due tute complete del suo colore favorito, una da interni e una da esterni, insieme a un pigiamone ampio e comodo come quello dei neonati, ma gli altri due sembravano vuoti. Come negli alberghi terrestri, il solito pannello dietro la porta diceva di appendere la tuta sporca in quello giallo, la sera: col peso di essa sull'attaccapanni, chiudendo la porta si sarebbe azionato il meccanismo che l'avrebbe pulita e disinfettata. L'armadio blu invece era uno "stanzino igienico". Nel muro vicino alla porta infine, c'erano due sportelli di colore diverso, per lo smaltimento dei rifiuti organici e di quelli inorganici. Da lì, i primi finivano per essere elaborati in modo da diventare dei nutrienti per le coltivazioni idroponiche della nave, mentre gli altri erano convogliati a un convertitore che ne traeva energia. Naturalmente, ogni processo era automatizzato. La consolle collegata alla Banca Dati del Computer di Bordo era posata su una scrivania che era una protuberanza della parete della cabina. Ovviamente non era possibile manovrare la nave-ago dalle cabine dell'equipaggio: quello era un compito del cervello robotico della nave, sotto la supervisione del Maestro Dagnino. Sopra le cabine infine, c'era il Piano Ricreativo: conteneva consolle di giochi, materiale per i "Giochi di Ruolo" (la Maestra era stata un'appassionata di D&D, ai suoi tempi), e schermi che mostravano l'esterno quando erano nello spazio normale, o trasmettevano filmati di ogni genere, a loro scelta. Nella Banca Dati della Nave erano inoltre immagazzinati una quantità di e-book: il cartaceo era un lusso "pesante" che non si potevano permettere. A Toni però piaceva in particolar modo sedersi con gli altri ad ascoltare il canto di Metilde: peccato solo che non accadesse spesso, come se, allontanandosi dalla Terra, la voce della ragazza si smorzasse, si sperdesse nell'immensità che li circondava.

Era ora di pranzo. Toni lasciò la Sala Ricreativa e salì al piano superiore, alla mensa. Cercò Metilde con gli occhi, ma lei era già seduta a un tavolino con Cômba e la sua amica Catàina, ottima karateka anche lei. Ridevano insieme e lui si sentiva impacciato a inserirsi come "quarto incomodo" in quel gruppetto affiatato di ragazze. Andò a prendersi il vassoio di pane e le posate commestibili: non volevano sporcare lo Spazio per principio e avevano cercato di ridurre i rifiuti al minimo, avevano già fatto abbastanza danni nell'Era 2000 e anzi, la loro nave aveva cercato di ripulire, almeno in parte, quello che ancora vagava ciecamente, e pericolosamente, nell'orbita terrestre. Per quel che riguardava la loro missione, la Keplero produceva solo la quantità e la qualità di rifiuti che dovevano riciclare per le proprie necessità e per quelle della nave.
Nella sala-mensa, una paratia colorata era un distributore di cibi. Essi potevano essere "assemblati" dal computer, ma si potevano anche ordinare i prodotti coltivati sulla nave, che le cucine-robot preparavano seguendo diverse ricette. Dopo il pasto, ognuno di loro buttava i propri rifiuti negli "scivoli" giusti, e quando i ragazzi se ne

andavano, l'ambiente veniva ripulito da aspiratori e vapori disinfettanti. Insomma, le cose erano state studiate in modo da eliminare la necessità di una figura che aveva sempre fatto la sua parte in ogni comunità umana, e di cui troppo spesso si trascurava la presenza e l'importanza: "l'accudente" della casa, la domestica.

Toni mangiò con gusto una pasta al pesto che era quasi come quella della sua mamma, poi tornò nella Sala Ricreativa. Le ragazze se ne erano già andate.

Cap. VIII

Le tappe, accuratamente preordinate dal computer seguendo le indicazioni di "Kepler", portarono presto i ragazzi a toccare con mano la differenza fra "una probabilità" e "la realtà". La voce di Maìn, che era "di guardia" in quel momento, aveva richiamato tutti davanti agli schermi: «Guardate! È meraviglioso!». Il volto fin troppo serio di quel ragazzino bruno pareva illuminato da una luce interiore. Chini su quelle immagini, tutti i ragazzi tacevano, quasi commossi.

Il pianeta che si stagliava contro il nero velluto dello spazio era davvero bellissimo, ricco di colori e di fogge. La vegetazione che lo ricopriva era lussureggiante, sottilmente diversa da quella terrestre, ma non tanto da renderlo troppo estraneo. Non potevano sapere se sulla sua superficie ci fossero anche altri esseri viventi oltre agli alberi, perché dovettero accontentarsi di ammirarlo da molto lontano: era enorme, e la sua gravità mostruosa non avrebbe più permesso di ripartire né alla "Keplero" né alle sue sonde robotiche, se si fossero avvicinati troppo. Tutti guardarono con nostalgia le immagini trasmesse dalla sonda: gli alberi, di un verde azzurrino, rigogliosissimi, avevano foglie "quasi lanceolate ma non proprio", come disse la Nilde, che era appassionata di botanica. Di lei, si diceva che non avesse solo il pollice verde, ma proprio tutte e dieci le dita! Naturalmente, le immagini trasmesse dalla sonda sarebbero state conservate dalla Nave, ma la ragazza volle schizzarle su un Quaderno: diceva che solo così le "capiva". Poi le guardò: «Io le chiamerei "lanceolate barocche"!» disse soddisfatta. Metilde ammirò molto il disegno: un bell'ornamento, per i suoi tessuti.

Quando avvistarono il secondo pianeta, era di nuovo Maìn di guardia. Ci stava volentieri, lo Spazio lo affascinava: erano ancora nella fase di andata, ma lui sognava solo viaggi ancora più lunghi, di esplorazione pura. Pensando ai telefilm di "Star Trek", diceva sorridendo agli amici: «Ah! Pensate un po' che meraviglia: una Missione Quinquennale!».

Secondo il computer di bordo, il secondo pianeta era singolarmente leggero per la sua massa apparente. Le telecamere robotiche, spedite a orbitare a distanza ravvicinata sulla sua superficie, lo mostrarono coperto di rovi e di una specie di erba grassa, rossiccia, non molto alta. Il mare era quasi denso, infestato da un'alga bruna. La vita animale superiore pareva curiosamente assente, ma potevano davvero essere antichissime rovine, quelle che spuntavano qua e là. Sulla Terra, studiando quelle riprese e ingrandendo le immagini, gli scienziati terrestri avrebbero capito senz'altro se fossero davvero formazioni artificiali, quelle che si intravedevano fra la vegetazione. «Forse, gli antichi Costruttori lo hanno svuotato, consumato… Erano dei Distruttori» mormorò Toni. Nessuno rispose alle sue parole. Tutti pensavano alla Terra esausta, ma ancora viva.

L'ultimo pianeta avrebbe dovuto essere KO1, ma gli strumenti della nave indicarono la presenza di un altro pianeta, vicinissimo a loro, eppure non segnalato da Kepler. È QUASI DISABITATO, disse la voce del computer che usciva dagli altoparlanti, ma loro erano perplessi, e affascinati. Il pianeta che appariva sullo schermo avrebbe potuto essere una miniatura. Piccolo, fin troppo, con una gravità pari a 1/5 di quella del loro pianeta, a quanto pareva era però ugualmente provvisto di un'atmosfera di tipo terrestre: una specie di Luna, come disse Nilde, solo che questa era viva. «Ideale per i cardiopatici!» disse il Maestro. Fece però una smorfia con la bocca, scuotendo il capo. Non lo convinceva, quell'immagine che sembrava così piacevole. Perché Kepler non lo aveva segnalato, quel pianeta? Anche Catàina e Nilde erano perplesse: quell'Eden sembrava fin troppo perfetto, sotto l'occhio della sonda. «Ma non è un po' piccolo per avere un'atmosfera? Tu cosa ne dici?» Nilde lo chiedeva a Giuan che era particolarmente appassionato di esobiologia, cioè degli studi sulle forme di vita possibili sui pianeti alieni. L'amico stava guardando le immagini, e scuoteva il capo, dubbioso e diffidente anche lui. Su quel piccolo mondo così lontano dalla Terra, le foglie erano della forma giusta, i ruscelli scorrevano allegramente, l'erba era come un soffice tappeto verde. I fiori, numerosi e colorati, erano bellissimi: c'erano prati di roselline selvatiche, di campanule… La terraferma era un'unica isola che occupava quasi la metà della superficie totale del piccolo pianeta, e il mare era tranquillo: pareva non avesse mai conosciuto tempeste in vita sua. Le zoomate della telecamera non mostravano animali di nessun genere… Neppure insetti, notò di colpo Catàina, che era una zoologa. Si voltò verso Dagnino, e parlò in tono concitato: «Andiamo via, Maestro! Piante terrestri, qui? E non possono neppure esserci, quelle piante, senza impollinazione! Senza api, senza farfalle…» «Non possono esserci? Ma…» «Lo so, Maestro, lo so! Ci sono, ma... non possono esserci! Proprio come quell'atmosfera e quelle nuvolette graziose, su un pianeta così piccolo! Andiamo via!». Dagnino strinse le labbra. Lui era essenzialmente un ingegnere aerospaziale, ma Catàina era una vera esperta, innamorata della zoologia e dell'etologia che erano il suo campo di studi preferito. Inquieti, anche Nilde e Giuan, la botanica e l'esobiologo, erano d'accordo con lei. In quel mentre, qualcosa cambiò, nell'immagine sullo schermo, ed essa si distorse, si contorse, si riformò come immagine di una città: LA città, anzi, pensò Metilde, e richiamava le più note città terrestri. Di colpo, esclamò: «È lui, l'insetto! Il pianeta! È un... un ragno che forma immagini prendendole dalla nostra mente, per attirarci sulla sua superficie! E se quelle estroflessioni, che si rimodellano così bene, riescono ad arrivare fino a noi...». Non aveva ancora finito di parlare che Dagnino, chino sulla consolle di comando principale, aveva già dato ordine alla Nave di fuggire. L'ultima immagine che ne ebbero, del pianeta, fu quella di una palla di roccia nuda, che pareva fuggire nello spazio. SU DI ESSA C'È UN UNICO ESSERE, disse il computer che ormai aveva raccolto tutti i dati possibili, LA AVVOLGE COMPLETAMENTE, COME UN SUDARIO SOTTILISSIMO, DI POCHI MICRON. Maìn si chiese, ad alta voce: «Ma... di cosa vive? Siamo nello Spazio!». Giuan gli rispose: «Per ora consuma il pianeta. Chissà da dove è arrivato, e come. Ma se non può più andarsene, morirà di fame». Catàina fissò fino all'ultimo momento quella forma aliena che spariva nell'immensità del cosmo. E le tornò il sorriso solo quando furono ben lontani.

Sulla nave, non solo Maìn, ma anche gli altri ragazzi avevano qualche compito di supervisione, studiato più che altro per tenerli occupati. Pur essendo previsti dei turni, generalmente ognuno cercava di occuparsi di quello che l'interessava di più, così Nilde riusciva spesso a farsi assegnare alle serre idroponiche. L'equipaggio amava quei frutti che li legavano in qualche modo a casa, ma erano un esperimento anch'essi, e negli orti e nei frutteti, che occupavano un intero piano della nave, non mancavano neppure gli insetti.
Anche quel giorno, come faceva spesso, Nilde passeggiava fra le piante, sentendosi un po' come la "Signora Inglese del Primo Novecento", di Edith Holden, che la Maestra le aveva fatto leggere una volta. Era facile ignorare le paratie della nave, tanto lontane che

solo l'aria, un po' troppo immobile, suggeriva l'idea che si potesse essere in un ambiente chiuso. Sorpresa da ciò che vedeva, Nilde si fermò a osservare meglio. Conosceva gli animali pronubi che, in qualche modo, favoriscono l'agricoltura, ma l'esserino che vedeva non le ricordava niente di noto. Questa estraneità la incuriosiva e la preoccupava persino un po': quella creaturina avrebbe anche potuto essere un pericolo, per i loro raccolti. O addirittura per loro stessi. Via comunicatore, Nilde chiese la consulenza di Catàina. L'amica la raggiunse quasi subito e, insieme, si inoltrarono fra gli alberi da frutto. Erano un allegro e affascinante miscuglio di varietà: pesche, albicocche, mele, pere e ciliegie occhieggiavano fra i rami, in mezzo ai loro fiori, in diversi stadi di maturazione, e la loro crescita avveniva a ciclo continuo. Catàina sorrise: «Sono bellissimi! Tutto insieme, foglie, frutta, fiori!». Nilde rispose al sorriso dell'amica, ma era un sorriso preoccupato: «Già, come il corbezzolo sulla Terra». Allungò verso un albero una mano guantata. Quando la ritirò, sul dorso di essa c'era una piccola creatura. Difficile descriverla, scoprì sorpresa Catàina, perché non assomigliava a nulla che lei avesse mai visto o immaginato. Era a simmetria bilaterale. Fin lì ci arrivava. Aveva tre lunghi arti sottili per parte, e il primo e l'ultimo paio erano articolati, mentre quello centrale pareva tutto d'un pezzo. Il suo corpo ovoidale sembrava cicciottello, ed era coperto di un velluto liscio e morbido dal colore cangiante e indefinibile, ma comunque delicato: veniva voglia di accarezzarlo. La testolina rotonda poteva roteare quasi completamente, come quella delle civette e dei gufi, e come quegli uccelli la creaturina aveva gli occhi grandi, di un caldo color oro. Nell'insieme, pareva quasi un piccolo peluche, ma non si vedeva nessun apparato boccale: quella che dapprima Catàina aveva scambiato per una bocca, era solo una specie di fittissima griglia, dorata come gli occhi della creatura, e non pareva si potesse aprire in qualche modo. Improvvisamente, di sotto al corpicino vellutato, il paio centrale di arti parve dispiegarsi, trasformandosi in due paia di ali simili a quelle della libellula di cui la creatura aveva grosso modo le dimensioni, ed essa spiccò il volo da Nilde a Catàina. Sulla mano della ragazza tenne le ali aperte per un poco, come a farsele ammirare. E ne aveva motivo. Le piccole scaglie che le formavano, semitrasparenti, parevano un gioiello di filigrana, e ogni singola scaglia era un perfetto, minuscolo esagono dorato. Poi la creatura si alzò in volo. «Cosa ne pensi?» chiese Nilde a Catàina. Questa sorrideva, continuando a guardare l'esserino con occhi incantati. La creatura adesso si muoveva graziosamente nell'aria davanti a lei, che sembrava lo facesse per farsi ammirare. Catàina si girò verso l'amica: «È bellissima! Forse è una specie di libellula, ma non le ho visto la bocca… Nilde, davvero pensi che possa essere pericolosa, per noi o per le piante?». L'amica fece una piccola smorfia: «Non saprei… È logico preoccuparsene, anche se… in effetti… Non riesco a pensare possa essere pericolosa per qualcuno. Non ho neanche visto foglie rosicchiate, o frutti bucati». Catàina sospirò: «Hai ragione però a preoccuparti. Non ci si può fidare a priori di un animale sconosciuto, solo perché è bello. Questa piccola silfide aliena per noi potrebbe essere pericolosa anche solo per contatto» «Sì è posata sulla tua mano. Come l'hai chiamata? Silfide?». Catàina sorrise: «La Silfide era una creatura mitologica, una specie di fatina dei boschi… Questa non è neanche lontanamente umanoide, ma ha una grazia incredibile. Fa venir voglia di sorridere. Hai notato il profumo?» «Di pesche, sì. È intenso» «Sì. Ci sono in mezzo a tutti gli alberi da frutto?» «Già. Sembrano creature rare, ma le ho viste in tutto il frutteto… E hanno sempre il profumo dei frutti dell'albero su cui vivono! Comunque, ti ha toccato» «Farò dei controlli, sta' tranquilla, ma non riesco a pensare che possa essere dannosa».

«… né da dove venga» commentò Dagnino quando le ragazze gli raccontarono dell'incontro avuto. Giuan era entusiasta. Esclamò: «È un incontro ravvicinato del 3° tipo! Il nostro alieno!». Dagnino scosse il capo, preoccupato. Osservò: «Potrebbe anche essere una mutazione, ma non di libellula. Non ci sono né loro, né le loro prede, qui». Le ragazze lo accompagnarono a cercare le "silfidi", e finirono per farle vedere a tutta la nave. Alla fine, decisero di organizzare un'osservazione continua degli animaletti, via telematica, a turno. Nessuno propose esami invasivi che potessero danneggiarli: oltre tutto, erano davvero graziosi.

Steva aveva annunciato alla Maestra la sua visita: "Posso portare anche Khan?", aveva chiesto tramite il Quaderno, e lei non si era meravigliata. Non le piaceva per niente l'aria che si cominciava a respirare in città. "Qualsiasi amico tuo è il benvenuto" aveva risposto, e il ragazzo aveva respirato di sollievo: la Maestra non sarebbe mai cambiata.

Poco dopo erano tutti e tre nel salotto affacciato su Caricamento. Khan si era sdraiato sul divano, e si guardava in giro, curioso: non era abituato alle "tane" degli uomini. La Maestra guardava lui. Non seppe fare a meno di dirgli: «Che bello, sei! Non voglio mancarti di rispetto: ti posso accarezzare, o è una cosa da cagnolini? So bene che non lo sei!». Khan lasciò penzolare la lingua, e pareva sorridesse. Posò il muso fra le zampe anteriori. La Maestra si alzò, poi guardò Ste che le sorrise, e accompagnò il suo atteggiamento accogliente con un gesto di incoraggiamento. «A Khan piace essere "stropicciato". Non considera quella con il cane una parentela imbarazzante» disse. Nora passò una mano sulla nuca irsuta, fra le orecchie tese. Sorrise. Prese fra le mani il testone del Lupo. Era stupita dalla sericità del suo pelo. Veniva voglia di affondarci il viso. Lo fece, poi rise: «Sei magnifico, Khan. E io sono molto invidiosa di questo monello di Steva, che è amico tuo!». Khan aprì l'enorme bocca e la piccola mano della donna sparì tra le sue fauci. Ste fece un gesto come per fermarlo, ma Nora continuava a sorridere, e il testone del Lupo si mosse piano, a destra e a sinistra, prima di liberare la mano. «Lo faceva anche Buck» disse la donna, commossa. «Chi è Buck?» chiese Ste, e anche il "Wooff?" di Khan suonò chiaramente interrogativo. «Buck, il cane de "Il Richiamo della Foresta", di Jack London. Quello che alla fine si unisce ai lupi dell'Wild. Leggilo, ragazzo. È un capolavoro». Nora preparò il caffè per Steva e offrì a Khan un biscotto che il Lupo mostrò di gradire. La Maestra lo carezzò di nuovo, poi si rivolse al ragazzo: «Ci sono dei guai, vero?». Ste s'incupì: «Già. Ha sentito cosa si sono messi a dire, dei Lupi? Che sono "pericolosi" perché sono "troppo intelligenti"!». Nora sospirò: «Anche tu sei "troppo intelligente". E lo sono anche Toni e Metilde. O Dagnino. Brutta faccenda, se diventa un problema» «Dicono che i Lupi una volta o l'altra si ribelleranno e ci sbraneranno, o addirittura ci renderanno schiavi per comandare loro!». Il tono del mugolio di Khan fu assolutamente derisorio. Ste continuò: «Lei lo chiamava "il complesso di Frankenstein"! E il Lupo non è "davvero" come noi… Ci sono anche Lupi che non sono molto amici degli uomini, questa è la verità, vero, Khan? - il lupo assentì in modo decisamente umano - Però ci rispettano, e vogliono essere rispettati! Ma se hai paura non ragioni, e per dimostrare a sé stessi che i Lupi non sono niente, c'è chi li tratta con astioso disprezzo … e loro prima o poi reagiranno male. Khan se ne va, quando succede. Di corsa che sembra che scappi, con loro grande soddisfazione. E lo fa anche

Brutus, naturalmente, e tutti i Lupi *apprivoisé*. Cosa possiamo fare, Maestra?». Nora sospirò. Carezzò nuovamente il Lupo, poi gli disse con dolcezza: «Scusa l'imbecillità degli uomini. Pensare che è certo meno pericoloso uno come te di uno sconosciuto umano qualsiasi... Vero, Ste?» «Vero! Ho scoperto che non conoscono nevrosi né psicosi. Sono mentalmente molto più stabili degli uomini...» «Ragazzo, quello che sta avvenendo è semplicemente un esempio di razzismo, e il razzismo è uno degli aspetti più gravi dell'imbecillità umana! Purtroppo questo malanno c'è sempre stato, nel corso di tutte le epoche e a tutte le latitudini, anche se non sempre con la stessa gravità e con la stessa diffusione. Dipende da fattori sociali, economici, psicologici, culturali... Cos'hanno, adesso, i nostri concittadini? O meglio, di cosa hanno paura?». Come illuminato, Steva spalancò gli occhi: aveva capito di colpo: «Paura certo, ecco cos'hanno! E probabilmente non è davvero dei Lupi, che hanno paura... Loro sono solo un pretesto! È di perdere i propri figli che hanno paura, naturalmente! Sono partiti più di un anno fa, la gente non è più certa di "estendersi" nel tempo e nello spazio, e tutti sono gelosi del fatto che i Lupi possano girare per la città, e magari in futuro abitarla addirittura, al posto dei loro figli!» «Credo proprio che sia così. Cosa si sa di quei ragazzi?». Ste abbassò la testa, e le spalle gli si incurvarono: «Le ultime notizie ufficiali dicevano che erano diretti a KO1, ma non ci sono stati altri messaggi». La Maestra scosse il capo: «Brutta storia.... Per quanto un Lupo sia forte e coraggioso, potrebbe anche essere vittima degli uomini, se quelli si mettono in gruppo. Se poi hanno uno storditore... Non è degna di una città come la nostra, questa paura del "diverso-da-sé". Che mercanti e navigatori avremmo potuto mai essere? Saremmo rimasti rintanati fra le mura, altro che commerci via mare! Bisogna riunire tutti nella piazza qui sotto. Il Doge deve parlare con loro. Cercherò di dargli qualche suggerimento. Venite anche voi? Vediamo se è in ufficio». La Maestra si era alzata e guardava i suoi ospiti. Ste assentì. Anche Khan annuì, poi si avvicinò a Nora e soffregò il testone contro di lei, con l'aria rapita che assumeva quando provava amore per un umano. Lei lo abbracciò, poi gli diede un'affettuosa pacca sulla schiena e lo seguì con Ste. Uscirono tutti e tre. Per arrivare a Palazzo San Giorgio non occorreva neanche la carrozzella: era proprio lì di fianco.

Quando era in sede il Doge non occupava un ambiente di rappresentanza, ma uno dei normalissimi uffici che una volta avevano ospitato gli impiegati dell'Autorità Portuale. Adesso era alla scrivania, col Quaderno in mano, e stava parlando con qualcuno, in tono concitato. Chiuse la comunicazione. Alzò il viso verso di loro e li salutò: «Buongiorno, Maestra. Ciao, Ste. E ciao anche a te, Khan, se sei tu». «Certo che lo è. Non sono tutti uguali. Molto meno di quanto non siano uguali fra loro i cani della stessa razza! Non c'è un allevatore che si occupi di selezionarli!». Era stato Ste a parlare, e il Doge annuì, con aria stanca. Non era lo stesso che aveva conosciuto Nora al suo "risveglio": non restavano in carica più di cinque anni, completamente spesati ma con lo stesso guadagno che avrebbero avuto col proprio lavoro di base, che era comunque altamente specializzato. Sospirò: «Sente i guai a fiuto, Maestra?» chiese. «I guai mi cercano, Angilen… Dobbiamo parlare un po', noi due» gli rispose lei. «Pare di sì, Maestra, visto che è arrivata con questi due "ragazzi"! Due gruppetti di esagitati in età assortita sono appena stati divisi da gente di passaggio. Al centro della lite c'era un cucciolo di Lupo che… che qualcuno stava trascinando al mare per annegare». Il Doge finì di parlare abbassando la voce. Guardò Khan di sottecchi. La Maestra aggrottò le sopracciglia: «Cominciano già? La gente è poca, radunali tutti in piazza. È proprio vero che di stupidi ce ne sono dappertutto! E anche se si vorrebbe schiaffeggiarli tutti, bisogna ancora essere diplomatici, con loro! E della "Keplero", cosa si sa?» «Niente. Siamo preoccupati. Nell'ultima comunicazione si parlava di una specie aliena, le chiamano "Silfidi", che infesterebbe la nave…» «Infesterebbe? Sono insetti?» «Non lo so. Pare siano più o meno grandi come una libellula, possibile che siano pericolosi!» «Magari sono velenosi… Allora, parliamo con la gente» «Sì, Maestra, e al più presto».

Il discorso del Doge, che metteva in guardia dagli "Irresponsabili che vogliono trasformare degli alleati in nemici, privando di un grande appoggio anche i nostri figli che torneranno presto dallo Spazio", fu seguito con attenzione. Qualcuno abbassò la testa, e in generale pareva che le parole del Doge fossero ascoltate con partecipazione. Pochi, e nessuno degli esagitati di cui aveva parlato il Doge, notarono che quel "torneranno presto" non annunciava affatto il ritorno: esprimeva solo una convinzione, o forse una speranza. Anche dei

Lupi si erano uniti alla folla. Ascoltavano immobili, e presto girarono lo sguardo gli uni verso gli altri. Ste ormai li conosceva bene. Si sentivano anche leggeri brontolii di gola. Sì, stavano litigando fra loro. Anche fisicamente, si stavano dividendo in due gruppi. Con un certo sollievo, il ragazzo notò che quello che comprendeva Khan e Brutus era molto più numeroso dell'altro. In effetti, pareva che il rapporto fra umani e Lupi arricchisse entrambi: come nei normali lupi che c'erano sempre stati, anche nei Lupi la famiglia era solo un'associazione necessaria all'allevamento dei piccoli, e si scioglieva quando non era più utile alla prole, ma il rapporto uomo-Lupo durava tutta la vita. A volte i due arrivavano quasi a somigliarsi, come si diceva accadesse fra gli uomini e i loro cani, quando queste creature erano molto più diffuse: anch'esse erano rimaste vittime del Grande Disastro. Nora aveva notato che la fortuna aveva voluto che il piccolo Lupo sequestrato fosse figlio di uno dei Lupi apprivoisé: la madre ringhiava piano rivolta alla folla in generale, ma il suo piccino era stretto fra le braccia di una ragazza che lo coccolava e accarezzava, e intanto carezzava anche la sua amica a quattro zampe, consolandola e calmandola. E gli sguardi che la ragazza lanciava in giro, di sotto le sopracciglia contratte, non avevano niente da invidiare, per ferocia, a quelli della Lupa.

Il linguaggio elaborato da Steva e da Matia, da Khan e da Brutus, era composito. Comprendeva gesti e movimenti del corpo, toni di voce e posture. Adesso, con l'aiuto di Menegu pittore, stavano cercando di elaborare anche una serie di carte-linguaggio. Osservare una conversazione fra un umano e un Lupo sarebbe stato come assistere a una partita a carte, pensò divertito Matè. L'idea era stata di Brutus: le sue emissioni visive erano talmente vivide da risultare più forti di quelle di qualsiasi Lupo, tanto che molto spesso arrivavano anche al suo umano, così, senza bisogno di amplificatori.

Una sera, dal Bigo, con i loro amici umani, Brutus e Khan avevano appena assistito a uno spettacolo affascinante: quello del sole che sembrava distendersi sul mare del tramonto. Non che per i due Lupi uno spettacolo così avesse lo stesso fascino che aveva per gli uomini, ma condividere un momento di piacere è una delle cose migliori del rapporto di amicizia, anche quando quel piacere riguarda soprattutto, e persino solo, uno dei due. I gabbiani gridavano con quei loro *croak*

- *croak* taglienti come il loro becco. "Che alianti meravigliosi" pensò Ste, ma poi pensò a "quelli là" che volavano chissà dove, e smise di sorridere.

Ai piedi del grande ascensore, gli uomini e i loro amici si lasciarono. A differenza dei cani, i Lupi erano gelosi della propria indipendenza e non amavano dormire al chiuso. Che passassero la notte nella casa di un umano era un fatto eccezionale e Khan non lo aveva fatto più di due o tre volte nella vita, quando Ste, da bambino, era stato malato. Brutus invece non aveva mai dormito in casa di Matè e adesso dormiva con la sua compagna, che doveva avere i cuccioli proprio in quei giorni.

La notte era chiara. Una brezza leggera spirava dalle colline, portando profumi nuovi verso il mare che si muoveva appena. Ormai i gabbiani tacevano. I due Lupi salivano verso le colline ventre a terra, presi dal piacere dell'aria che agitava il loro pelo, della terra che spariva velocemente fra le loro zampe potenti, dei mille odori di quella come di tutte le primavere. Da lontano, sembravano solo due lupi che corressero fianco a fianco, verso la caccia notturna. Per loro non era più che un passatempo, la caccia, ma un passatempo piacevole, specialmente da quando la città aveva cercato di ripopolare le colline. Adesso, gli abitanti erano persino un po' preoccupati per il proliferare dei cinghiali che erano arrivati dal Piemonte, ed erano testardi e voraci. Pareva che solo i Lupi riuscissero a tenerli un po' in soggezione. Improvvisamente, una creatura scarmigliata si parò davanti a loro, e cadde a terra. Brutus ringhiò piano, ma il fratello lo bloccò con un suono urgente di avvertimento. Nel pieno della caccia, con l'adrenalina che pulsava loro nel sangue, quella creatura era una tentazione fortissima, ma non potevano, non dovevano toccarla. Non sarebbe piaciuto né a Ste né a Matè se l'avessero fatto, perché quella creatura era un umano, una femmina, e non poteva essere una preda, nonostante avesse un odore aspro, come di selvatico... Il sangue si mise a battere meno forte nelle orecchie dei due Lupi, e fu improvvisamente chiaro quello che quell'essere diceva, tra i singhiozzi: «Se siete lupi dell'Antica, aiutatemi, che nessuno lo può fare! E se non lo siete...abbiate pietà di me, e uccidetemi!». I due fratelli si guardarono, poi si accucciarono col testone fra le zampe, rivolti verso di lei. La ragazza continuò, torcendosi le mani: «Non so quanto mi capite! Ma è il mio bambino! Il mio piccolo! È caduto nella forra! Non esiste neanche un bastone tanto lungo da arrivare sul fondo! Non si può scendere!» «Tranquilla» disse qualcosa nella sua testa. O qualcuno. Lei alzò gli occhi con espressione sconcertata, ma i lupi non parlavano, non potevano parlare! Si accucciò per terra, rattrappita. Il più grosso dei due lupi si alzò e corse via, mentre l'altro restava accucciato al suolo davanti a lei. Col muso fra le zampe, la guardava senza distogliere gli occhi dai suoi. Lei si sentiva girare la testa. Le si chiudevano gli occhi.

Ci volle meno di un'ora perché Brutus tornasse. Era stato fortunato: aveva incontrato Ste con uno dei ragazzi che adesso partecipavano alle sue lezioni sul linguaggio dei Lupi, loro si erano procurati l'attrezzatura da montagna e, con due amici, lo avevano seguito. Non fu un grosso problema calarsi lungo le pareti verticali della forra, e risalirne col bimbo. «Dobbiamo portarlo da un medico. È ferito» disse Ste alla ragazza. Lei abbassò il capo. Sapeva di aver sbagliato a non scendere prima da "Quelli del mare", ma quello là diceva che se l'avesse fatto l'avrebbe ritrovata, e uccisa. Adesso basta però, il suo bambino non doveva più correre rischi simili. E poi, doveva essere curato. La ragazza s'incamminò verso la città, seguendo i Lupi e i giovani che portavano suo figlio. Fu un caso se la compagna di Menegu riconobbe la figlia Maria in quella ragazzina scarmigliata, dalla caratteristica macchia sul viso, come una voglia di fragola. Quand'era scomparsa, aveva solo tre anni. Per una giornata, la città dimenticò le proprie preoccupazioni e festeggiò la figlia ritrovata.

«Non mi ricordavo più che il mare fosse così bello». Maria stava guardando dal molo le barche che si dondolavano piano sull'acqua tranquilla, mentre sorvegliava il bambino che urlava di gioia scendendo dagli scivoli. Poco lontano, due cuccioli di Lupo si rincorrevano fra loro. La ragazza li guardò un momento, poi si voltò verso la Maestra: «Davvero vi fidate dei Lupi?» «Io mi fido più di loro che di certa gente, bambina» «E se... Potrebbero mangiarsi i bambini!» «Certo che potrebbero, in teoria, dopo tutto i Lupi sono predatori, ma non lo faranno mai. I cani domestici che si abituavano ad andare a caccia personalmente, sgozzando le prede per divertimento, a volte sono arrivati a uccidere un bambino, magari perché hanno sentito per caso il gusto del suo sangue, ma i Lupi sono molto meno istintivi. Pensa solo a quando hanno trovato te, addirittura mentre stavano cacciando! Del resto, da quanto tempo i Lupi non

danno più la caccia agli uomini che vivono lassù, sui bricchi?» «Lo so, ma io ho paura. E il padre di Meneghin mi ha detto che mi avrebbe inseguita e ammazzata, se fossi scesa fra voi...» «Te lo ricordavi, di non esserci nata, sui bricchi?» «No, non me lo ricordavo... Sai che si sono ammazzati per me, lassù?» «Lo immagino. Lo hanno fatto anche per Marin-na. Vogliono dei figli» «Per questo, allora? Per i figli? Non perché sono bella?» «Ma sì che lo sei. Sei anche una Madre, però. E riprodursi è lo scopo di ogni forma di vita». La ragazza si morse le labbra, chiaramente contrariata, e abbassò il capo un attimo. Poi guardò la Maestra. Parve tirare un respiro profondo, e disse, precipitosamente: «Tu... Volevo già chiedertelo, ma ho avuto paura. Non hai neanche gli occhi di... di oscurità, come dicono...Tu sei la Strega Antica, vero?». La donna sospirò, prima di rispondere: «Non credo di essere una strega. Tu cosa ne dici?». La ragazza si strinse nelle spalle e abbassò di nuovo lo sguardo sul mare, senza rispondere. Nora la guardò di sottecchi. Fece una leggera smorfia. No, non era Marin-na, quella. E tanto meno Metilde. Era ignorante, apatica, abituata a obbedire e a tacere, e si annoiava alle lezioni di qualsiasi genere. Era... Cercò un aggettivo adatto. Adesso Maria aveva diciotto anni, un bimbo di quattro, e non sapeva né leggere né scrivere. E non solo. Le venne in mente il mitico Conrad Lorenz, il primo etologo. L'*imprinting* a lei era venuto dalla vita dei Retrogradi. Era... primitiva, ecco. Forse era questo il termine che cercava. Non era neppure molto brillante, e lei temeva che non si sarebbe più evoluta completamente.
Come ogni sera, Nora riaccompagnò Maria e suo figlio a casa di Menegu: andavano a prendere il bimbo a metà pomeriggio per portarlo con loro a passeggio, ma per tutto il resto della giornata, fin dalla mattina, lei cercava di rieducare sua madre. Sperava che col tempo la ragazza si sarebbe almeno abituata a dormire in un letto, a mangiare con le posate, a farsi un'idea dell'igiene: Menegu e la moglie dovevano ancora impedirle, e con molta decisione, di dare al bambino quello che masticava lei, perché Maria non si fidava della lavorazione a cui sua madre sottoponeva i cibi, per poterli dare al bimbo.

Lasciata la giovinetta, la Maestra si avviò verso Palazzo San Giorgio: voleva sentire se ci fossero notizie dei suoi ragazzi. Le mancavano, tutti. Occuparsi di Maria, cercando di rieducarla e di alfabetizzarla, le aveva fatto sentire più acuta la nostalgia di Metilde. Meno male che spesso vedeva almeno Terexin, la ragazzina che l'aveva curata quando era arrivata lì. Era la sorella "grande" di Metilde e ormai aveva scelto la propria strada: la cura dei più piccoli. Giornalmente, Nora andava a portarle Meneghin, per permettere al bambino di stare un po' con dei coetanei: il piccino aveva paura di tutti.

A Palazzo San Giorgio, arrivò finalmente un messaggio dalla nave-ago. Era breve e insoddisfacente, ma per lo meno indicava che i ragazzi erano ancora vivi. O che lo erano stati due mesi prima, nel loro tempo soggettivo.

STIAMO BENE, ADESSO.
PRESTO ANDREMO A KO1.
LE SILFIDI SONO CON NOI.
A PRESTO.

Secondo il computer, la voce era quella di Catàina.

Cap. IX

Il tempo-nave scorreva, inesorabile ma sonnolento. Nella sua cabina Dagnino, inquieto senza neanche sapere il perché, era impegnato in un "giro" di controlli tramite il computer. Non poteva in alcun modo "spiare" nelle cabine, sulla Terra erano stati tutti d'accordo che non si dovesse fare e lui era rassegnato, ma riteneva che fosse un errore. Potevano esserci emergenze, e qualcuno di quei ragazzi così giovani poteva aver bisogno di controllo.

In palestra tutti avevano già terminato i propri esercizi ginnici quotidiani e solo Cômba e Catàina erano ancora impegnate con stracchi allenamenti di karatè.

Nelle cabine, non c'era nessuno.

Nella Sala Ricreativa invece, i ragazzi e le ragazze erano singolarmente silenziosi e immobili, con gli occhi fissi sulle immagini del film girato dalla nave nelle varie tappe. Cosa cercassero con gli occhi così vacui, Dagnino non lo capiva.

Finalmente lo schermo panoramico venne spento. La Guida vide Nilde rivolgersi a Metilde per chiederle di andare con lei alla serra idroponica, e le due amiche si avviarono lente e calme, fin troppo. Nilde poi era seria, preoccupata, e Dagnino decise di seguire lei e l'amica con "l'occhio" e "l'orecchio" della nave.

Nella serra, Metilde guardò Nilde: «C'è qualcosa che non va, vero?» «Sì, ma non so quale sia il problema. Io e Giuan volevamo metterci insieme, una volta a casa, lo sai. Siamo sicuri che nessuno avrebbe da obiettare. Ne saranno tutti felici!» «Avete dei problemi?». Nilde scosse il capo: «Non è questo. Giuan è sempre gentile se gli parlo, ma non mi guarda neanche… Credevo che fosse un problema nostro, invece ho scoperto che è lo stesso per tutte le altre coppie». Metilde si guardò in giro: «Certo che è strano…». Poi aggiunse, in tono sorpreso: «Ma... dove sono finite le Silfidi?». A quella domanda, che non c'entrava niente col suo problema, Nilde fece una smorfia. Lei voleva parlare di sé e di Giuan, non delle Silfidi! Si guardò in giro, insofferente e un po' irritata. Erano così piccole, quelle, magari Metilde non le vedeva, nascoste sotto qualche foglia… Aggrottò le sopracciglia. Non se ne vedevano davvero. Insieme all'amica, Nilde si mosse fra gli alberi. Notò una specie di grosso frutto peloso e lo indicò a Metilde: «Guarda che grossa pesca! No… cos'è?» «Come si riproducono le Silfidi?». Nilde scosse il capo: «Non lo so. Non lo sappiamo. Potrebbe essere una specie di crisalide?» «Potrebbe essere, sì. Andiamo via, Nilde. Non mi piace l'odore che c'è qui» «Nella serra? Fra le pesche? Sì, hai ragione. È un odore forte, strano…». Da un altoparlante invisibile uscì la voce del Maestro:

METILDE E NILDE! VIA SUBITO DALLA SERRA!
VENITE TUTTI SUL PONTE DI COMANDO!
TUTTI, DICO,
ANCHE CÔMBA E CATÀINA DALLA PALESTRA!

Ci volle almeno un quarto d'ora perché tutti arrivassero sul Ponte. Dagnino li guardava camminare, lentissimi e svagati, e doveva spesso spronarli per farli muovere. Finalmente, tutti furono seduti davanti a lui. Li guardò, serio: «Come vi sentite?» «Bene. Ho sonno» rispose per primo Gustu. Dagnino annuì: «Lo credo. I filtri dell'aria sono intasati». Ci fu un coro di proteste: "Come?" "Che cosa?" "Io respiro bene!" "Anch'io" "Io ho solo sonno!" insistette Gustu. Toni scosse il capo, poi si rivolse a Dagnino, apostrofandolo confidenzialmente: «Bacci! Gustu è sempre stato un morto di sonno, ma anch'io non farei che dormire! Cosa succede, Maestro?» «Qualcosa intasa i filtri dell'aria, ma si tratta di corpuscoli rotondi relativamente grandi e il CO_2 riesce ancora, in parte, a sperdersi all'esterno. Per ora non ci sono pericoli. La nave è grande, per almeno quattro o cinque giorni non avremo problemi di respirazione, qui dentro. Pulire i filtri è impossibile. Vanno cambiati. In attività extra-veicolare» «Vado io!» disse subito Toni. Anche Giuan si offrì volontario, e poi tutti gli altri. Dagnino si alzò: «Deciso, allora. Vanno Toni e Giuan. Sulle tute-granchio ci sono delle sacche. Metteremo lì i filtri nuovi. Dopo aver tolto il filtro vecchio, ognuno di voi due prenderà quello nuovo dalla tuta del compagno. Andate, ragazzi. E state attenti, per voi e per noi». Toni annuì: «Tranquillo, Bacci. Staremo attenti» rispose.
Mettersi nella tuta da esterni, una via di mezzo fra una tuta vera e propria e un veicolo monoposto, fu un'operazione lunga e noiosa, ma non complicata: durante l'addestramento sulla Terra, l'avevano provata molte volte. Finalmente, Toni e Giuan uscirono all'esterno, collegati alla nave da un "cordone ombelicale" che si allungava e si accorciava.
Era fantastico. Toni aveva provato un segreto sgomento all'idea di quel vuoto senza confini, ma scoprì che non era come si era aspettato.

Semplicemente, era troppo grande. La mente si rifiutava di considerarne l'immensità. Non esisteva. Lì, era come avere solo lo spazio compreso nella tuta: quello sì che era suo. Gli sembrava che fosse un po'come quando andava negli abissi del mare sul suo "*Dolphin*", un discendente "tecnologico" del kayak-sottomarino "*Subo*" che il pioniere Olivier Feuillette si era costruito nel lontano 2013, Era 2000. I loro Maestri d'Ascia lo avevano visto in rete, e si erano innamorati della lunga "pinna a pedali" che lo faceva muovere. Lo avevano perfezionato, reso più sicuro e commercializzato: uno dei loro successi. Lì dentro, uno si sentiva parente stretto dei Delfini. Naturalmente, la tuta spaziale non aveva bisogno di essere aerodinamica e somigliava più a un crostaceo: era quasi una sfera, appena più ampia del seggiolino interno che girava su sé stesso, e aveva quattro arti attorno al suo equatore.

Le stelle erano freddissime ed estranee. Non ammiccavano neppure. Improvvisamente, Toni capì che non dovevano perdere tempo, e si rese conto di avere la mente molto più lucida di quanto non fosse stata negli ultimi giorni: stava respirando l'aria immagazzinata nella tuta, non quella della nave-ago.

Lentamente, lui e Giuan scivolarono lungo la nave, fino ai bocchettoni esterni. Due arti della tuta-granchio si allungarono alla pressione sul comando. Svitarono lo sportello, prelevarono i filtri intasati, li appoggiarono piano contro la superficie dello scafo, e la debole forza di gravità della nave-ago li tenne ancorati. I due ragazzi presero lentamente i filtri nuovi, l'uno dal veicolo dell'altro, li inserirono nei tunnel, richiusero. Prima di rientrare, recuperarono i filtri usati: volevano sapere cosa fosse successo, e cosa li avesse intasati.

«Dovremmo buttare le Silfidi nello Spazio. Potevamo morire tutti» disse la voce spaventata di Carlin. «Senza neanche sapere cosa c'è nella crisalide?» intervenne ansiosamente Catàina. Metilde scosse il capo: «Secondo logica, le Silfidi ormai si sono riprodotte, non ci sono più problemi. Si riproducono allo stadio larvale. Anche sulla Terra c'è un anfibio che può riprodursi anche prima della metamorfosi, ma poi questa non avviene più. Per le Silfidi a quanto pare non è così». Catàina protestò: «Voglio studiarle! Abbiamo un laboratorio ben attrezzato, e qualcuno potrebbe aiutarmi!». In quel momento, la voce di Toni interruppe la discussione. Il suo tono era sorpreso: «Maestro! Guardi! Sono settimane che non comunichiamo con la Terra! Temo che l'intasamento dei filtri e le emissioni dei nostri amichetti pelosi ci abbiano confuso il cervello!». Catàina, ansiosa di terminare la discussione sulle Silfidi, interruppe l'amico: «Adesso ci penso io a mandare un messaggio veloce, tanto da tranquillizzare tutti, poi lei, Maestro, manderà un rapporto dettagliato!». Catàina si precipitò al trasmettitore. Dagnino mise i ragazzi alla consolle, a turno, perché ci fosse sempre qualcuno che potesse osservare con le telecamere lo schiudersi delle crisalidi. Ci volle ancora una settimana prima che Gustu, in servizio al momento, notasse l'incrinarsi di un "guscio", e a poco a poco di tutti gli altri. Tutto l'equipaggio guardava, affascinato, la "nascita" delle nuove Silfidi. Quelle creature non avevano nulla in comune con la loro forma immatura: «Va be', ma non è che il bruco somigli granché a una farfalla...» osservò Catàina cercando di mascherare la propria delusione. E Giuan, alzando le spalle: «Non capisco cosa crescono a fare. Ormai si sono riprodotte, no? E sono pure brutte! Se mangiano le foglie delle piante, finiranno per rovinarle, e basta».

SUONI

Era la voce del computer. Dagnino si chinò sulla consolle: «Quali suoni?» chiese.

NELLA SERRA.
SUONI NON IDENTIFICATI.
MUSICA.

Dagnino attivò il sonoro. Era vero. Secondo l'orecchio umano, quei suoni erano davvero musica. Pareva un concerto di delicati strumenti a fiato, ed erano suoni incredibilmente fascinosi. «È come un coro di esserini fatati...». Il tono di Catàina era sognante. Mormorando a bocca chiusa, Metilde unì la propria voce a quella delle creature a barilotto che si vedevano nello schermo. E quel "barilotto" si gonfiava e si sgonfiava, come un mantice.
«Non mangiano. Cantano e basta. Quando moriranno... ne sentirò la mancanza» disse Nilde dopo qualche giorno. «Anch'io. Tanto. Le Silfidi sono... la forma preparatoria dei Musici!». Metilde aveva il groppo in gola.

Dopo qualche mese, quando già orbitavano attorno a Ko1, Catàina riunì tutti loro per comunicare quello che lei e Giuan avevano appreso dalle loro osservazioni e dai loro esperimenti.

Quelle creature, disse (ma si poteva anche chiamarle "Musici", come aveva fatto Nilde), avevano una vita più lunga di quanto non avessero pensato, e quella vita era interamente dedicata al produrre suoni di cui non si capiva lo scopo, ma che catturavano il cuore e la mente degli esseri umani. Parevano inserirsi perfettamente nei loro tracciati cerebrali, come completandoli, e tendendo alla "quiete". Una specie di musicoterapia naturale! Pensoso, Toni osservò: «Evidentemente, condividono il loro pianeta d'origine con qualcuno che in qualche modo somiglia agli uomini...».

Le "uova" dei Musici, quelle che avevano intasato i loro filtri, erano in realtà dei gusci, dei contenitori, e ognuno di essi racchiudeva migliaia di uova vere e proprie. Quei gusci viaggiavano nello spazio, in quella zona densa di pianeti abitabili, attratti e respinti da essi come la pallina di un flipper (non sempre si rompevano, e spesso finivano per rimbalzare schizzando via), e probabilmente potevano viaggiare anche per un numero incredibile di anni. Quando uno sciame di loro si era infranto sulla "Keplero", le uova erano penetrate attraverso i filtri, ma erano talmente minuscole che non avevano provocato danni di nessun genere. Nella serra avevano trovato un ambiente adatto e si erano schiuse, dando origine alle Silfidi. Non danneggiavano in alcun modo le piante: attraverso la "griglia" del muso passavano solo le particelle infinitesimali che producevano l'odore dei frutti e delle foglie, e per loro era sufficiente. Dopo aver prodotto i gusci che contenevano la generazione successiva, le creature si chiudevano in una crisalide, per trasformarsi infine in quello che a tutti gli effetti era uno strumento musicale vivente. Quella volta però le Silfidi avevano intasato i filtri verso l'uscita, tanti e tanto grandi erano i "gusci" che, chissà perché, avevano depositato proprio nei filtri dell'aria.

Dagnino decise di mantenere il canto dei Musici nella serra durante il giorno, e solo alla sera permetteva che si diffondesse in tutta la nave: quei suoni non dovevano diventare una sorta di droga. I ragazzi ne erano cullati e avvolti fino all'ora in cui cominciava la loro giornata.

Il Maestro preparò una "memoria" da mandare sulla Terra, che, in ansia, attendeva loro notizie.

Finalmente, la Keplero entrò in orbita attorno a KO1.

Come avevano sperato tutti, si trattava davvero di un pianeta di tipo terrestre, appena più piccolo, dalla gravità appena più bassa. Il clima era quasi tropicale e l'orbita regolare lo rendeva essenzialmente uniforme. I suoi continenti erano numerosissimi ma piccoli, dal profilo alieno: la terraferma era tutta un grande arcipelago, e nessuna delle sue isole era più grande della Sicilia. Quando sulla Terra ne ricevettero le immagini, la Maestra sorrise: «È come un grande impero cicladico. Se la vita invisibile non ci uccide, può essere davvero un nuovo inizio».
Il Maestro aveva mandato una sonda robotica a esplorare il pianeta.
KO1 aveva due calotte polari, com'era giusto, le isole più grandi erano verdi e la sonda mostrò creature medio-piccole che correvano velocissime su quattro zampe: avevano tutta l'aria di essere rettili e Toni commentò sorridendo: «Finisce che ci ritroviamo in mezzo ai dinosauri!», ma Catàina scosse il capo: «Non credo. Sono isole troppo piccole per nutrire animali tanto grandi. Guardate però! Quelli hanno sei arti, e due sono ali! Come le nostre Silfidi!».
Toni sembrava incantato da quello che vedeva: «Ma non sono un po' pesanti, per volare?» osservò, e Catàina annuì: «Credo di sì: probabilmente quegli animali possono solo volitare, come i pipistrelli terrestri. Anzi, forse si limitano addirittura a planare, come i nostri scoiattoli volanti. Del resto, in questa zona le isole sono tanto fitte che probabilmente basta, per andare dall'una all'altra. Ci sono anche alberi d'alto fusto che potrebbero essere ottimi trampolini di lancio» «Immagina le facce che faranno sulla Terra, a vedere KO! Atterriamo?». Toni era entusiasta, ma la loro Guida scosse il capo: «No. Non adesso. Non dobbiamo far danno, né riceverne. Lasciate che prima i robot facciano il loro lavoro. Devono analizzare l'aria, la terra e l'acqua. Devono riprendere nei loro filmati il più gran numero di animali possibile, e tutte le caratteristiche del pianeta: i monti, i fiumi, i laghi…». Il Maestro aveva ragione. Metilde commentò, sorridendo: «Nessun monte arriva ai duemila metri! Sono più bassi delle Alpi Liguri!»
I ragazzi parevano incantati. E lo era anche il Maestro. La sonda in quel momento stava mostrando un piccolo fiume impetuoso. Una testa uscì per un attimo in superficie, ma sparì prima di poterla guardare bene. L'acqua le ruscellava sopra e l'immagine che la sonda riuscì a darne era sfocata.

Le immagini della "Keplero" si diffondevano in tutto il mondo: non c'erano solo il Doge, la Maestra e i loro concittadini, a guardarle. E, nel mondo, non erano accolte nello stesso modo da tutti: c'era chi festeggiava, chi si commuoveva, chi protestava per "l'inquinamento umano su un pianeta vergine", chi metteva in guardia contro "quelle immagini diaboliche e fallaci". In generale però, la gente era felice: KO1 rappresentava anche una silenziosa speranza per tutti quei terrestri che si sentivano sul collo il tallone pesante della mancanza di libertà, e per tutti coloro che sognavano un nuovo mondo. In città tutti si abbandonarono a vere esplosioni di gioia collettiva: i loro ragazzi stavano bene, sarebbero tornati presto, avevano portato a termine la loro missione. A Caricamento c'erano tutti, anche i bambini.
In piazza, la gente fece festa finché non cominciarono a susseguirsi le esplosioni. Dopo qualche momento di incertezza e di panico, tutti corsero all'astroporto.

Quello che trovarono fu un paesaggio lunare, pieno di crateri che fumavano ancora. Nell'aria c'era tanta polvere da rendere faticosa la respirazione. Steva trovò un corpo umano dilaniato e chiamò gli altri, poi si volse dall'altra parte: non riusciva a tenere il pranzo nel corpo. «Era un Retrogrado» disse il Doge con voce atona. Esasperato, Zorzu esplose: «Sempre loro! E là ce n'è un altro, di quegli animali! Dove avranno preso l'esplosivo?» «Da noi, probabilmente. Se andiamo a controllare nel deposito, scommetto che manca della dinamite». La voce del Doge era mortificata. Tutti si guardarono in giro con attenzione. In tutto trovarono quattro corpi, e uno di loro era un vecchio.
«Sono persone, non animali» continuò il Doge parlando con Zorzu, ma la sua voce suonava inespressiva ai suoi stessi orecchi. «Non vogliono che i ragazzi possano rientrare, dopo l'atto di *hybris* che hanno commesso» mormorò la Maestra soprappensiero. Parlò in tono sommesso, quasi fra sé, ma Zorzu che le era vicino la sentì. Ripeté quelle parole ad alta voce, verso la folla che rumoreggiò. Il Doge intervenne subito: «Tranquilli! Non ci sono problemi per il ritorno! I ragazzi scenderanno a Cannes! Non avranno problemi, ripeto! Ora avverto Dagnino e l'astroporto di Cannes!». Le parole del Doge si persero nel vociare della folla, e un gran numero di persone s'incamminò verso le alture. A nulla servì richiamarle. Marin-na e Zorzu erano davanti a tutti con la loro madre, e avevano gli occhi

spalancati in un'espressione che non era neanche umana. Era da tempo che attendevano di poter salire su quei bricchi. Volevano ammazzarli tutti. La Maestra li richiamò, ma la madre di Marin-na si voltò verso di lei: «Tu non puoi capire». Un uomo, orfano di un ragazzo di diciassette anni, gridò: «Hanno ucciso i nostri figli! Hanno rapito le nostre figlie! Adesso basta!» poi si mosse dietro a Zorzu, e la folla lo seguì. Khan si avvicinò a Ste. Con il linguaggio che avevano elaborato insieme, gli fece capire che fra i Lupi c'era chi voleva aiutare quegli esagitati, ma anche chi, come lui, non avrebbe voluto farlo: non potevano sbranare degli uomini di fronte ad altri uomini! Passato quel momento, loro lo avrebbero ricordato, e certo avrebbero cominciato ad aver paura dei Lupi, e a non fidarsi più. Ste annuì: «Hai assolutamente ragione. E poi, quello che fa la gente non vi deve coinvolgere più di tanto». Kan lanciò un flash ai compagni, e tutti si fermarono.

A mano a mano che la gente si arrampicava per l'erta, il vociare diminuiva. La folla cominciava dividersi in piccoli gruppi di persone per lo più estranee fra loro e le uniche voci erano rari mormorii confidenziali. Le espressioni erano preoccupate. La fatica e il tempo sono sempre stati validi deterrenti contro le emozioni forti. Ansimare anche per la salita portava tutti a moderare le espressioni della propria rabbia.

Le prime case che trovarono erano vuote, poi in una di esse videro il cadavere di un vecchio. Piccolo, rattrappito, magrissimo, patetico. Nessuno disse una parola. Si misero a esplorare le case con una certa metodicità. Videro pochi corpi, di ogni età, sparsi uno qui uno là, tutti morti in momenti diversi, ma tutti col ventre grande e gli arti scheletriti. E venne il momento in cui quasi ognuno di loro sperò di trovare qualcuno vivo da aiutare. Trovarono anche alcuni ragazzi, e qualche bambino malformato nascosto in nicchie più calde. Erano tutti morti. In silenzio, ma comprendendosi al volo l'un l'altro, la gente si mise a mettere quei corpi al riparo dalle ingiurie esterne, animali e intemperie, anche murando gli ambienti in cui si trovavano. Marin-na guardava quei morti, e li riconosceva. Un sorriso feroce aleggiava sulle sue labbra.

Più tardi, il Doge disse alla Maestra: «Quelli che hanno cercato di rapire Metilde dicevano che il nostro cibo è avvelenato... Sono morti di fame e di malattie banali cui non hanno potuto reagire per la debolezza, e che si sono trasformate in epidemie mortali. Roba da matti». Senza far caso alle sue parole, la Maestra gli disse: «Hai avvertito quelli di Cannes dell'arrivo dei ragazzi, e hai avvisato Dagnino di quella che deve essere la loro meta?». Il Doge fece un mezzo gesto di esasperazione, poi rispose: «Ma naturalmente! Maestra, mi perdoni se gli e lo dico, ma non mi sembra molto sconvolta da quello che è successo!» «Ti sbagli, ragazzo. Sono sconvolta invece, sconvolta per quello che saremmo diventati tutti, dopo aver massacrato dei poveri disgraziati. Sono sconvolta anche per ciò che sarebbero potute diventare quelle persone, in altre circostanze. E le abbiamo perse, invece. Angilen, io sono vecchia, e stanca di imbecillità. I bambini sono con noi. Per loro sì, che mi sarebbe dispiaciuto davvero». La Maestra si allontanò col viso inespressivo, di pietra. Il Doge sospirò. Tremenda, quella donna, pensò. Figlia di un'altra epoca. Preziosa, ma terribile. La Strega Antica!

Dopo pochi giorni, sulle alture spopolate cominciarono le nascite fra i Lupi. La vita era un ciclo continuo.
«Sono nati i cuccioli di Brutus. Vieni con me a vederli?». Steva rispose a Matè sorridendo, entusiasta: «Khan me l'ha detto! Dice che impareranno fin da piccoli, a comunicare con noi. Certo che ci vengo!» «Sarà magnifico! Verrà anche Marin-na, con noi. Ma ecco Brutus! Ehi, bestiaccia! Non ti dare troppe arie, adesso, eh!». Matè diede una botta sulla spalla di Brutus e il Lupo finse di volerlo mordere, poi gli infilò il muso sotto il braccio, per essere coccolato. Matè lo abbracciò e si mise a carezzarlo. "Chissà cosa sta dicendo al suo Lupo, intanto", pensava Marin-na che era arrivata col suo bambino e vedeva l'amico mormorare qualcosa a Brutus: "Forse gli dice solo il bene che gli vuole, e quanto è bello".
Dalia, la compagna di Brutus, aveva partorito in un anfratto di roccia reso morbido dall'erba e da ciuffi del suo pelo. Solo Brutus le andò vicino, sia pure con una certa circospezione: ci voleva il permesso esplicito della madre, per avvicinare un cucciolo di Lupo, e gli altri guardavano da lontano. Una Lupa non partoriva mai tanti cuccioli. Generalmente ne avevano due, a volte addirittura uno solo. Quando si alzò lentamente dal suo giaciglio per andare a mangiare ciò che le aveva portato Brutus, Dalia barcollò. Mangiò svogliata, appena appena, guardando continuamente il suo compagno. "Vedi? Mangio"

sembrava gli dicesse. Brutus guardò Marin-na, e sembrava che domandasse aiuto. Improvvisamente, il piccolo Zorzu sfuggì alla madre e in due salti fu sui cuccioli. Ci si buttò in mezzo, felice, allungando le manine. La Lupa, che si era accucciata mangiando, balzò in piedi ringhiando piano, barcollò, ricadde. Guardò Marin-na stringendo gli occhi e la ragazza si avvicinò lentamente: «Nessuno farà del male ai tuoi piccoli, Dalia. Come tu non ne farai al mio. Posso toccarti?» chiese. Dopo un momento la Lupa annuì, come avevano imparato a fare i Lupi. Marin-na la carezzò lentamente, sentendo tutte le costole a una a una. Scosse la testa: «Sei troppo magra, Dalia… Quanti sono quei cuccioli?» «Cinque piccoli! Incredibile!» esclamò in quel momento Ste. «Bisogna portarli giù tutti quanti, e allattarli noi. Dalia non ce la fa: sono troppi». Stupefatta, Marin-na scuoteva la testa. Brutus leccò il muso alla sua compagna, poi guardò i piccini, e strinse gli occhi. Matè si mise fra il Lupo e i cuccioli: «Tranquillo! Ci pensiamo noi, amico mio!». Scosse la testa e si rivolse a Ste: «I Lupi non sono più solo lupi, e non c'è più pericolo che facciano del male ai propri cuccioli, ma l'istinto, a volte… e Brutus è arrabbiato perché Dalia sta male». Guardarono Zorzu che si rotolava coi cuccioli e pensarono a quei cinque piccini, allattati e allevati dagli umani. Sì, il linguaggio si sarebbe evoluto, e la capacità di comprendersi anche.

Quando tornarono in città, trovarono l'annuncio: la Keplero stava finalmente tornando. Sarebbe atterrata a Cannes una settimana dopo. E naturalmente il Doge stava già organizzando le squadre che avrebbero lavorato al loro nuovo astroporto. Avevano deciso che la festa per l'arrivo dei ragazzi sarebbe stata fatta nella loro città: solo il Doge e la Maestra sarebbero andati a Cannes ad accoglierli. Proprio in quel giorno si inaugurava la nuova linea ferroviaria Livorno-Perpignan, che se ne andava lungo la costa, *"bordezzando bordezzando"*: adesso finalmente la Repubblica era percorribile per tutta la sua lunghezza, e la ferrovia ne univa tutti i borghi, da est a ovest. Per questo Parodi e Nora avevano deciso di andare in treno, anche se una nave avrebbe potuto portarli a Cannes senza scali. Erano incuriositi, e sarebbero comunque arrivati all'astroporto prima dell'arrivo della nave-ago.

Affacciata al finestrino, Nora tornava con la mente a viaggi lontani, anche lungo quella stessa costa. Lei aveva amato molto il treno, che l'aveva portata dappertutto: più gentile di un'automobile, la lasciava leggere e dormire. Quel viaggio lungo la costa poi, che aveva fatto tante volte in passato, portava con sé ricordi di amicizie perdute per sempre, ricordi tanto lontani nel tempo come se fossero appartenuti a un'altra persona. Non dolevano più, finalmente, si rese conto a un tratto: la Maestra "era" un'altra persona.

Juan Les Pins era bella come la ricordava, scoprì dopo poco. Anzi, più bella: i grandi palazzi bianchi che ne avevano "infestato" il bellissimo golfo, evidentemente non più necessari, erano scomparsi. Le venne voglia di tornarci in vacanza, come tanti anni prima, ma aveva già dolore alle giunture. Doveva rassegnarsi: meno male che la sua vita era ancora tanto piena, e che abitava in una città che le era sempre sembrata bellissima. Comunque, si disse con decisione, lei aveva sempre amato di più la Riviera di Levante, e aveva persino affrontato recentemente il viaggio in battello, per vedere ancora una volta il Tigullio in cui era nata. Rivide con la mente il porticciolo di Saint Tropez com'era stato tanti, tanti anni prima: coi suoi gozzi ancorati, ricordava molto la sua Liguria.

Cannes ormai era prossima, e Nora scosse gentilmente il Doge: «Angilen, sveglia, ragazzo. Siamo quasi arrivati». L'uomo sbadigliò, si fregò gli occhi, poi la guardò sorridendo: «Grazie per il ragazzo, Maestra». Lei gli sorrise, poi accennò a uno scappellotto: «Guai a te se ti dai delle arie perché fai il Doge! Io mi ricordo benissimo di quando non facevi altro che disegnare navi, invece di seguire le lezioni!». Lui, che era un grande ingegnere navale, rise: «E il bello è che poi ho continuato, a disegnare navi!» «E meno male che l'hai fatto!». La Maestra rise con lui, poi continuò: «Ecco, ci siamo».

Il treno elettrico si fermò piano, quasi senza rumore.
Appena scesi, i due viaggiatori trovarono una delegazione di cittadini ad accoglierli. «Angilen! Sono contento di rivederti di persona!». Chi salutava così, in tono entusiasta, era un uomo sui quarant'anni, il Doge di Cannes. Aveva la stessa età di Parodi, ed era, di fatto, il suo equivalente in quella città. Si incontravano spesso, anche solo telematicamente, insieme a tutti gli altri Dogi della Nuova Repubblica. I due uomini si abbracciarono, poi l'uomo si volse verso la donna che accompagnava Parodi. Riconoscendola, esclamò, in tono

reverente: «La Maestra!» e s'inchinò. Lei fece una smorfia che poteva o no essere un sorriso, poi gli porse la mano: «Buongiorno, Pierre Boé. Verrete con noi a prendere i nostri ragazzi?» «Con piacere! Avete fatto buon viaggio? Com'era il treno?». Rispose Parodi: «Un grande lavoro. Comodo in tutti i sensi. Certo, meglio il battello per i viaggi diretti, ma è stato un bel viaggio». Dopo poco, tutti e tre erano sulla grande carrozzella elettrica che portava i passeggeri all'aero-astroporto.

Appena la nave-ago, nel cielo, fu qualcosa più di un disegno, la folla si azzittì. La grande nave scese piano piano, mentre tutti sembravano trattenere il fiato, poi si posò sul piazzale di cemento. Parve come se un grande sospiro uscisse da tutte le gole. Quando la paratia dell'uscita scivolò di lato, e i ragazzi cominciarono ad apparire, quel sospiro divenne un boato. La gente gridava, piangeva, lanciava per aria berretti e palloncini, e persino razzetti di carta che i bambini facevano svelti svelti, euforici come i grandi.

I ragazzi entrarono nell'ascensore, e questi scese a depositarli sulla pista. Di lì, dovettero salire su un palco preparato apposta perché potessero offrire il loro viso alla folla.

La Maestra li guardava, uno per uno. Sembravano cresciuti, tutti: in qualche modo, erano un po' meno "i suoi ragazzi", e un po' più dei giovani uomini e delle giovani donne, che avevano compiuto un'impresa memorabile. Avrebbero dovuto prendere la via di casa fin dal giorno dopo, ma dovettero invece fermarsi tre giorni: pareva che tutti volessero toccare quei ragazzi, e parlare con loro.

Seduto al tavolino del grande salone, Dagnino guardava i giovani che ridevano, scherzavano, raccontavano. Erano stati in gamba, tutti. Si voltò verso la Maestra che lo aveva raggiunto. Le sorrise: «Maestra! È contenta? Abbiamo educato dei bei ragazzi. E delle belle ragazze» «Sì. Metilde poi, è davvero un genio. Ed è una bella ragazza, vero Bacci?» «Sì…Come l'ha capito?» «Sei così trasparente, ragazzo mio! Fin da quando vi siete conosciuti» «Davvero? Ma era così giovane! E, Maestra, lo è ancora, molto giovane…» «Bacci, hai trentatré anni, non sessanta!». Il Maestro rise e, come avrebbe fatto Steva, si chinò a baciarla sulla guancia: «Forse, tutto sommato è stato un bene che non si potesse spiare nelle cabine» le sussurrò. Stavolta fu lei a ridere, e gli diede uno scappellotto, non del tutto scherzoso. Dopo tre giorni, i ragazzi poterono finalmente partire e, dopo un viaggio tranquillo col nuovo treno, furono a casa.

A Genova Principe, la stazione neoclassica era splendente di bianco, bellissima, certo molto diversa da com'era stata al "risveglio" di Nora. La gente, per evitare che l'entusiasmo potesse diventare pericoloso, era stata invitata a fermarsi all'esterno, nel grande piazzale. C'erano tutti. I genitori contendevano il posto agli amici, e tutti erano euforici. Steva e sua madre erano con la mamma di Toni, e le due donne si tenevano abbracciate, in attesa di vedere il ragazzo. Quando lui arrivò, corse a coccolare la mamma: la stringeva a sé e solo in quel momento, guardandola, capì quanto fosse stata in ansia, in quei mesi. Eppure, non gli aveva detto niente, e l'aveva lasciato partire con tutto il suo entusiasmo intatto. La strinse ancora più forte, poi abbracciò anche la madre di Ste, che, lo sapeva, lo considerava quasi un secondo figlio. Salutò l'amico senza dirgli nulla, solo con un amichevole pugno sulla spalla. Avevano tempo per parlarsi e raccontarsi la loro vita, in quei primi mesi che avevano passato lontani da quando erano nati. Adesso tutti i ragazzi, finalmente a casa, dovevano essere della folla impazzita di gioia, e poi sarebbero stati dei genitori. Quando arrivarono anche i Lupi, la festa per molti di loro fu completa.

La sera, tutti guardarono le immagini di KO1, dal grande schermo a De Ferrari. Quando apparve la testa nell'acqua, tutti trattennero il fiato. Nora sentì vicino a sé il mormorio del Doge: «È acquatico, ma la testa è chiaramente umanoide. Chissà il corpo... Potrebbe non essere facile abitare KO1. Quel "figlio della Terra" potrebbe avere anche altri figlioli». La Maestra gli sorrise: «Dipende da molti fattori. Comunque noi non siamo acquatici. Se tutti e due fossimo abbastanza "aperti" e curiosi...» osservò. In quel momento, diversi cuccioli di Lupo corsero latrando fra i piedi della gente, inseguiti da un gruppetto di bambini che urlavano e ridevano. Poi, in un momento, gli inseguiti divennero inseguitori: indipendentemente dal numero delle loro zampe, tutti quei cuccioli parevano divertirsi davvero molto. Fra gli uomini, i Lupi, i Delfini, i Musici e gli Acquatici di Ko, il futuro si prospettava piuttosto interessante, pensò la Maestra sorridendo fra sé. La vita poteva essere ancora bellissima, persino alla su età.

FINE

87

Chi è:
Laila Cresta
Educatrice, musicoterapista, poetessa, blogger.
E affabulatrice per i "grandi".

«Con rischi indicibili e traversie innumerevoli io ho superato la strada per questo castello oltre la città dei Goblin, per riprendere il bambino che TU hai rapito.
La mia volontà è forte come la tua e il mio regno altrettanto grande.
Non hai alcun potere su di me!»

(Sarah a Jareth)

Delos Books, Redazione di Writers Magazine Italia
facebook: Stanza di Erato; Sito online: www.stanzaerato.com
Blog: laila.cresta- blogspot.com (sulle proprie opere)
Filastroccheperbenino-blogspot.com
Haiku-scuolapoeticagenovese-blogspot.com
Presente su Twitter e su Linkedin.

PUBBLICAZIONI E URL AMAZON

Povera Piccola, il noir dei ricordi del Maggio: in Francia, con protagonista ligure - Ed Albatros 2011
www.amazon.it/dp/B079VT8H9S/ref=sr_1_1   Il Mondo di Erato (antologia del VI Conc. GE 2017)
https://goo.gl/ziZAER L'Albergo del Ragno (il noir de carruggi)
https://goo.gl/Xm28nZ Una corsa a ostacoli: disagio e inserimento nel mondo della scuola (cartaceo)
https://goo.gl/sWhJx5 Baby in the road, antologia dei bambini
https://goo.gl/jZi7UY Watashi no haikai, silloge di haiku
https://goo.gl/UZxUza I poeti di Erato IV (antologia del Concorso di Poesia Occ. e Haiku, Genova)
https://goo.gl/RYMiJ2 Col buonsenso dei nonni: Come far crescere i bambini oggi (saggio, ebook)
https://goo.gl/DUxiaR Haikumania (saggio sugli haiku, e-book)

https://goo.gl/V1k3Xc Un'appassionata giovinezza: Un ricordo degli anni '50 e altri racconti

https://goo.gl/jfs1r9 La risacca: simile a una foglia morta (il noir del Mediterraneo)

https://goo.gl/22jaHJ Verbi e Punteggiatura (e-book Delos Digital)

https://goo.gl/pU6qYB Scrivere Poesia (e-book Delos Digital)

https://goo.gl/uueKjx La Grammatica Fondamentale (e-book Delos Digital)

https://goo.gl/LxSppg Mondo Haiku (e-book Delos Digital, saggio sugli haiku)

https://goo.gl/ziZAER L'Albergo del Ragno (il noir dei carruggi genovesi)

https://goo.gl/e1cp7z Le Poesie del Crepuscolo (silloge)

Finito di stampare nel mese di Giugno 2018
per conto di Youcanprint *Self-Publishing*